Refil
(da meada)

poesia

Refil (da meada)

[antologia pessoal e alguma novidade]

Diego Grando

coragem

Porto Alegre
2025

Projeto editorial
Camila Costa Silva e Thomás Daniel Vieira.

Revisão
Nathália Boni Cadore.

Capa
Iasmine Nique e Lorenzo Costa.

EDITORA CORAGEM LTDA
www.editoracoragem.com.br
contato@editoracoragem.com.br
(51) 98014.2709

Porto Alegre, Rio Grande do Sul.
Primavera de 2025.

Dados Internacionais de Catalogação na Publicação (CIP)

G754r Grando, Diego
Refil (da meada); [antologia pessoal e alguma novidade] / Diego Grando. – Porto Alegre: Coragem, 2025.
160 p. : il.

ISBN: 978-65-85243-68-1

Poesia – Literatura brasileira. 2. Literatura brasileira. 3. Antologia poética. 4. Poesia – Literatura sul-riograndense. 5. Poemas. I. Título.

CDU: 869.0(81)-32

Bibliotecária responsável: Jacira Gil Bernardes – CRB 10/463

Sumário

Seleciono e reúno aqui poemas dos quatro livros que publiquei até agora, nessas quase duas décadas de atividade poética, antecedidos de uma dezena de inéditos. Ainda receoso de aceitar a ideia (minha) de organizar uma antologia pessoal, sinto, ao mesmo tempo, que preciso dela: primeiro, pela questão prática de ter algum material ainda em circulação; segundo, para dar uma espécie de fechamento, num período em que minha produção parece estar tomando um caminho um tanto diverso, a essa etapa inicial, formativa, a essa língua que, ao que me parece, já não falo mais. Busquei aproximar poemas que estavam distanciados, em livros diferentes ou dentro de um mesmo livro, para sublinhar algumas conexões, assim como desfazer outras. Nesse exercício de releitura crítica, o que mais me surpreendeu foi a sensação de que há algo, sim, que atravessa todos os poemas escolhidos, algo que, óbvia e felizmente, não sei nomear. Disso resulta, mais do que uma reunião, um livro novo. Talvez, no fim das contas, meu primeiro.

Fácil achar o caminho a seguir
Num mapa com lápis de cor
Moleza mandar a tropa atacar
Da tela do computador
Sem o cheiro
Sem o som
Sem ter nunca estado lá
Sem ter que voltar pra ver o que restou

Com a coragem que a distância dá
Em outro tempo, em outro lugar
Fica mais fácil

H. G.

Refil

Fuligem

Faltou falar daquele primo
que andava em chamas pelas ruas de Cidreira
e já não tinha pai antes dos outros

Aquele primo incandescente
sardento falso ruivo — o corpo curvo
de acordo com as circunstâncias —
Virgílio com virtude para fliperamas
gambiarras furtos flertes golpes de sorte
e outras situações manipuláveis
um fio desencapado cada madrugada
ouvindo Light my fire lá nos fundos
— cadeiras reclináveis óvnis na bebida —
e Riders on the storm olhando a lua

Faltou listar as tardes todas
— é certo e vai continuar
até o final dos tempos —
dormentes dóceis indolentes
vividas na garagem — *senta*
pega uma sacola —

babando Bubbaloos com Solvcryll
em sintonia

Faltou regurgitar
desenterrar das dunas o deserto
— minha tia no sofá vendo tv
e quatro ou cinco policiais em viaturas —
as noites os dias
seguintes meses anos
o constrangimento
o distanciamento
a tranquilidade
e os aplausos sem palmas na primeira fila

Faltou fazer a busca — vinte e dois
resultados — pelo nome completo
sorteios promoções vestibulares
cinco ou seis processos
colocações longínquas
em concursos públicos
e sem o nome — como? — acumular
perguntas ilações desculpas
notícias em portais pouco importantes
antigas de algumas semanas
abertas cada uma em uma aba

No vídeo da leitora
de dois minutos
é noite
a Kombi
o caminhão
a pista interrompida
é quinta-feira santa
a Kombi
a combustão
e o trânsito fluindo no sentido oposto

Na foto sem legenda
as rodas sobre o chão
escalpeladas
as portas e janelas de vidros ausentes
os melanomas de granito sobre o fundo
— que um dia fundo branco — da carcaça
e dos humores inflamáveis
sanguíneos
biliares
daquele primo
rumor nenhum
sequer rastilho

Matéria e memória

Bergson descascando bergas
ao longo do bosque dos Quatro Ventos
embebecido na garoa de perfume
não nota as sementes lançadas ao chão
se acomodando nos buracos de minhoca
que Einstein viu sem ver

Vão germinar nos cafundós de Sorocaba
onde seguem soando os sinos
sobre a lagoa dos sonhos de Valéry
entre latidos e sabiás perseverantes
à espreita na outra ponta dos buracos
que Raduan não quer revelar

Biblioteca pública

Nei visita estrelas com Augusto,
Eduardo anula o paraíso para Flávio
fechar mais uma volta ao mundo, Jorge
e Paulo alopram Bircks e Aristóteles,
no átrio Carlo planta bananeira.

Wanderley Luis dá gargalhadas
da cara dos milicos dando trote
na Riachuelo, Júlio espera
Egisto e os tantos Carlos para um trago.
Humberto, enquanto isso, toma notas.

Disperato incantabile

Afflitto ma non troppo

lorem ipsum fecha a porta / tem miojo no jantar / nostradamus / vós travais / eles trovam por wi-fi / quem tem boca fica em casa / não tem cão caça com live / pandeguices / isquemias / esqueminhas confirmados / rivotril no dry martini / gardenal com aperol / hoje a rave clandestina é num galpão em ivoti / lorem ipsum segue o baile / vai à merda e volta atrás / como lidar / em tempos de / seno b cosseno a / cloroquina mon amour / no dos outros é refresco / quem furar o isolamento / não vai preso no quartel / vem roçar essa mãozinha / marinada em álcool gel / vem roçar na minha tela / ou eu faço um escarcéu / lorem ipsum vai no super / estocar papel higiênico / tem entrega que é do bem / tem delivery do mal / tomar sol na basculante / já virou lugar-comum / tomar água do chuveiro / não é novo nem normal / dormir cedo / acordar tarde / dormir tarde / acordar cedo / google meet / zoom zoom zoom / não passou um avião / lorem ipsum coisa e tal

Edital

Camões fazendo stand up comedy.
Eurípides, televisão aberta. Molière,
publicidade e produção de conteúdo.
Cabral fazendo um post impulsionado
e Ginsberg programando em Java.
Virgílio abrindo um bar e livraria.
Marcial e Baudelaire, uma editora independente.
Oswald, um sebo – Mallarmé no caixa.
Borges e Valéry, uma oficina.
Pessoa resolvendo algum perrengue
por não ser MEI. (Petrarca também não.
Nem Safo. Nem Szymborska. Nem Hesíodo.)
Drummond finalizando um frila no domingo.
Homero disputando com Horácio,
com Goethe, Maiakóvski e outros trinta
a vaga de efetivo na Unicamp.
Shakespeare e Rabelais colando. Eliot rezando.
Apollinaire zerando: fuga ao tema.
Rimbaud perdendo a data do concurso.
E Dante, que sequer pagou a guia.

Tristogramas para meus oito amigos

Diego, quando planta, colhe. Só não lembra
que a culpa de colher é longa.
Diogo, quando dorme, sonha. Só não sente
que a calma de dormir é morte.
Diogo e Diego brilham, quando bebem, esquecidos
que a sede de brilhar é sombra.

*

Sair de si como quem vai do A ao
B com pés inúteis, incontáveis. Chegar.
Ficar. Colher — o que puder. Depois
voltar a si por tudo quanto é lado.

*

O braço engancha a alça da sacola,
o outro a sensação das coisas.
O olho espreita a mosca na salada,

o outro faz borrões e chuva.
O ouvido inventa tons, empedernido,
o outro jaz em jazz e reconforta.
A perna que não sabe ir é a mesma,
a perna que não se contém.

*

Pôr açúcar no café, fazer trouxinhas
com as sacolas dos supermercados;
destacar dos finais de semana os dias
úteis, e deles as horas de sono;
contar-se, rever-se, postar tebetês
enquanto as tardes dizem o contrário.

*

Os hábitos noturnos, como a mãe dizia,
são más caricaturas, avestruzes,
reis momos defasados, maus mementos;
os diurnos, ao contrário, sobranceiros,
prometem o que cumprem, fazem o possível,
e tiram, mãe, de nós o que queremos.

*

Cervejas de garrafa já não são gatilhos
para as melhores ocasiões da vida.
Recebem cada sonho como um convidado
ilustre e mil insônias nele instigam.
É tempo de tentar sobreviver, Rodrigo,
a cada hora que faltar um tiro.

*

A determinação de quem, Lucas,
decide usar a mão esquerda pra escrever
e no fim das contas consegue, não faz
mais falta do que a falta de perder seu tempo
usando a mão direita em outra coisa,
pois dois e três e três e dois são sempre dedos – cinco.

*

Bernardo, presentinhos são pedidos
legítimos, de vez em quando, de desculpas:
de dá-los, recebê-los que se vive,
porém comprá-los para si não faz sentido.

*

A desistência, Fábio, é comichão contente:
começa na cabeça (e como coça),
se espalha por pescoço ombros ambos braços,
convoca o coração a outras frequências,
cultiva frios clichês pela barriga
e exige que se use as próprias pernas.

*

É que a luz, Melissa, vem de longe e não
diverge no caminho: com pontos
sobrepostos uma reta não se cria,
tampouco põe-se o sol ao meio-dia.

*

Que ultrapassados, espaçosos, são os mouses,
disquetes, monitores, discos
rígidos demais, braçais, finitos.
Abençoados os que, sem juízo, vivem
de menos – anjos bemóis, avôs sem aviso
prévio. Aos demais, a paz e os gritos.

Ode 11, Brasil 19

Desiste de perder o sono — se forjadas,
as novas, ou científicas: é mais do mesmo —
e deixa dessa vida à base de boleta.
É pouca, Horácio, a grana, e os boletos pagos
retornam mês que vem, é certo — ou quase. Então,
azar: inventa uma desculpa, enrola um,
aumenta o som, toca o terror. Em suma, engole
o dia — e manda pro diabo as más notícias.

Edifício Farroupilha (I)

A cidade é sorvida como um gole d'água
junto aos resquícios na garganta
de uma noite de escolhas erradas

Indiferente à posição das basculantes
o sol profere solilóquios
em seu pendor para dias difíceis

O estoque de sonhos se renova
com lisergias de almoxarifado
para assombro da nossa pouca prática —
        mas logo nos calamos sobre a bancarrota
        que se declara nas noites seguintes

E se erguêssemos barricadas
com rolos de papel higiênico

E se mudássemos os móveis de lugar
se atribuíssemos a cada cômodo
o nome de um continente

os corredores por oceanos —
ainda que incomode andar em círculos
ou que a Europa mostre-se um cubículo
se o mundo estiver inteiro é porque somos
[ricos

Estoico ou estatístico
o amanhã também começa entorpecido
à espera da falta de tempo
que nos resta

Edifício Farroupilha (II)

Na contramão de pintassilgos, cochichos,
[caturritas, curicacas,
os silvos do motor do elevador não cantam nada:
são guinchos entre idas e freadas,
em tom menor, de superego,
e ouvi-los sempre é o que me cabe
se estou ainda vivo e não sou surdo.

Não passam de assobios oblíquos,
resmungos, maldições mecânicas:
a caixa vertical a contrapelo,
pairando sobre um poço de perguntas
pendentes, no contrapeso
cacofônico da vida.

Nisso nos entendemos: o impossível
gorjeio, o aconchego de gaiola
sem vista para o movimento,
entre botões sanitizados, luzes impermeáveis,
com leveduras, brocas, guiñazus, sopranos
comichando nas veias.

Edifício Farroupilha (III)

No tempo das visitas
diziam parecer um hospital.
Comigo foi assim
eu vi e disse: é parecido.
Isso ainda antes dos rumores
e outros parece-que de várias fontes.

Os corredores dão o que pensar:
vetustos bulevares verde água
a faixa musgo na altura dos olhos
os cento e oitenta e oito passos necessários
para entrar em casa
no fim do fundo.

Também as duas escadarias
uma em cada extremidade
e num dos vãos o casulo
do elevador de outro poema.

E o passa-prato que não passa nada
feito janela cega na parede da sala.

Existe a hipótese do asilo,
que eu mesmo fiz para estender o assunto.
A hipótese do sanatório,
carente de indícios, porém,
e sem apoiadores e entusiastas.

Meu último aniversário foi no início
do que viria a ser dois mil e vinte.
Faz trinta e nove anos que estou vivo.
Uso máscara para espantar o futuro
que me embaça os óculos
e me vejo às voltas com um passado
que ninguém — se envelheço
ou enlouqueço — ninguém pode confirmar.

Meada

Guaíba Blues

Não digo das coisas que você não quis
fotografar *porque não precisava*
contando que a memória desse um jeito
e nem do que por contrapeso ou protocolo

Não digo das sombras que habitam isqueiros
canhotos e recibos, vouchers, guardanapos
nem de outros objetos em gavetas

Eu digo é de uma coisa menos concorrida
menos de mais alguém, nem mais que coisa alguma

Eu digo é disso e de outra coisa ainda

E mais que isso, digo alguma tarde
de sol no inverno, cada sexta-feira
de chuva e paredes azuis, o toca-discos
fazendo de moldura aos sonhos conspirados
uma viagem pelo sul de algum lugar
pouco importante, à margem de um despenhadeiro
digo falésias e calanques, trens noturnos, pontes

(esboços do roteiro de um documentário)
digo um sorvete que cai, um vaporizador
durante o uso, os grãos-de-bico em foguetório
em plena madrugada, um pôr do sol atrás
do cemitério, digo a honra inabalada
na fachada de um cinema abandonado
a lógica das bolas coloridas
sobre o carpete verde, a ética das bolhas
de sabão, as folhas depenadas
de um calendário de delírios
digo o desembocar no blues marrom
(noções de epistemologia da saudade)
de um balneário impróprio para banho

caligrafia

já tenta
tive tantos jeitos
de disfarçar o meu defeito
de caligrafia
preenchi caderno
usei braço enfaixado
cheguei a cogitar
(além da ambidestria)
falar de mim à toa
sem ser chamado
e só o que consegui foi a ilusão
de uma olivetti inatingível
um atestado de incapacidade
para grafites 0.7 e superiores
um diagnóstico grafológico
não muito favorável sobre meu estado
e um livro
de 64 páginas
publicado

método: depoimento

meus versos eu encontro por acaso
sozinhos num boteco — copo e rum —
que mostram muito e mesmo assim são rasos
não levam a ninguém, lugar nenhum
e mancam de sentido ou têm o prazo
vencido (noves fora sobra um):
brevíssimos insights cotidianos,
paredes de azulejo e desengano.

enquanto eu os anoto em guardanapos
translúcidos — fritura de croquete —
um disco do roberto vai da capo
ao fim, e como fosse um canivete
o grito de uma kombi corta o papo
(no vidro uma plaqueta: faço frete)
de velhos companheiros de estudo,
de trilha e de xadrez, gamão e ludo.

é essa a minha marca antipoética
e posso garantir que faz sentido
e mais, que tenho intuição profética,

que vejo muito além e assim tem sido:
o nada retratado em minha estética
estática e instantânea é conhecido
de todos (do garçom ao cozinheiro)
e ecoa como frases de banheiro.

Curriculum

Cursar uma faculdade
de letras clássicas e vernáculas
para conhecer os grandes
os melhores
e depois de
                    formado
diploma na mão
ser um bom bancário

Abrir a conta
de um autor renomado
(de preferência
um poeta)

Verificar diariamente o extrato
conhecer a intimidade financeira
de um provável candidato
a patrono de feira
do livro

Contemplar vida e obra
saldo e rima
licença poética e seguro de vida
forma e conteúdo
e ter a satisfação de ser um profissional preparado
bem à altura da exigência do mercado

Estampar um sorriso
para a foto emoldurada na parede
pelo título de funcionário do mês
e sentir-se uma enésima parte
do livro do ano

Praça de alimentação

A vida — esse burrito de argamassa
que a gente vem comer com fome e pressa
e para digerir leva um bocado

O tempo — esse temaki de água-viva
um cone algodoado feito luva
que a mão humana nunca é que se livra

O ser — essa salada contingente
de folhas frutas brotos
chochos de esperança

A lógica — esse hambúrguer carbonato
de sódio lítio glúten glutamato
e uma porção pequena de poliestireno

A moral — essa pasta nada à moda
escalopes ao molho madeira e talheres
pretos plásticos embalados

A razão — essa torre de chopp

esse xarope utópico
gaseificado

A ética — esse suco descartável
polpa de água batida
em copo ecológico certificado

A fé — esse café de águas passadas
por cápsulas viçosas de alumínio
aos pingos espartanos de aspartame

A metafísica — essa paleta intraduzível
palito enobrecido
entorpecido de recheio

O cosmo — esse amontoado de pequenos sóis
com tampo de granito onde orbitamos
acenando ansiosos para que nos vejam

Chuva no parquinho

Conto de nadas

Era uma vez um príncipe encantado
transformado em sapo

Era uma vez uma donzela adormecida
que aguardava por um beijo

Era uma vez
uma possibilidade

*

Gangorra

Preso no ar
pelo peso
da ingênua
maldade
perdi o contato
dos pés com a verdade

Nunca mais

do céu
desci
(eis-me fantasma:
eterno menino
com crises de asma)

*

Tobogã

O mundo em miniatura
a escada era infinita
vista de cima: tontura

Entre olhares in-
                              sinuosos
de meninos que mais altos
dispensavam a carona
que eu ganhava do meu pai
desceu comigo uma dúvida
como dente de leite que cai

O coração
será de adrenalina
que dispara
ou de vergonha
na cara?

Preâmbulo para um poema tardio

Ir para o inferno toma tempo
à cata do incidente emaranhado
toma tempo e trinta e tantas
tentativas, primeiras palavras
pedidos de desculpa e demissão:
ricocheteios de cascalho
na superfície da memória.

Não basta boa vontade
para chegar ao inferno
é preciso o reflexo condicionado
de não estar pensando e de repente
estar: voltar a si, se descobrir
antes da próxima rodada
durante um jogo de tabuleiro.

Também estudo insistente
sobre circunstâncias agravantes
suscetibilidades compatíveis

com as dimensões e o caráter
irrevogável do incidente:
o inferno, afinal, é dos autodidatas
não dos autocomplacentes.

Diante da ausência de um guia
adequado à faixa etária
e aos índices de umidade
a disposição ao segredo, ao resta um
da existência é requerida:
o resto é vade retro e tira-gosto
de luto, vitamina c e cama.

Notas para um poema tardio

Comece pelas condições climáticas
augúrios em nuvens que a infância ignora
ou se equivoca na interpretação.

Apresente os envolvidos
os dois — vocês — amigos
considerando a possibilidade de um terceiro
(a título de pista falsa)
e junte as circunstâncias mais banais
a sexta-feira, as mochilas nas costas
os pais que buscam os filhos
(ao menos se o tempo permite)
no estacionamento do supermercado
ao lado da escola
a sineta chacoalhando o meio-dia.

Passe à narração
de preferência sem cores
em demasia
sem neves de antanho

restrinja-se à caminhada
sobre esqueletos de sapatas
pintados no chão do pátio
sob os primeiros pingos
sem comentar se estão gelados ou se sentem
ao petricor, à geosmina.

Intercale um lamento, uma antecipação
ambígua, um comentário
sobre germes altamente virulentos
ou falhas no sistema imunológico
sobre os problemas da nomenclatura
(discutidos em artigos acadêmicos)
dos estertores crepitantes, finos, subcrepitantes
uma menção a outras tentativas
de passar a limpo este incidente —
quando se vê já estão os dois em disparada
mas no sentido oposto ao da marquise.

Não se demore ao questionar a natureza
da relação entre crianças
chuva, brincadeira
tampouco entre a mesma chuva
e trânsito, engarrafamento.

Você não sabe quanto
enquanto as gotas engrossam

até seus pais chegarem
só pode assegurar que não é muito
e que chegam primeiro, tchau
até segunda.

É hora de um corte
para a formulação de hipóteses — coautorias
revistas, filmes, mulheres peladas
punhetas, cervejas, ramones
baseados, um fim de semana
na praia e outras descobertas
com verbos no futuro do pretérito —
e a consolidação de teorias
de consolo, inconclusivas:
vocês como os gêmeos de Langevin
como cisões platônicas, versões
pueris de um doppelgänger.

De supetão diga que sabe
você sabe muito bem que foi ideia sua
mas: que era só chuva
e mais: que chuva é chuva
por isso você insinua
dá margem ao mal-entendido
vai dispondo o prato pelas beiradas
por isso você recua
cogita backspaces telegráficos

a omissão, a confissão, a premeditação.

O fim de semana
em elipse
e logo a segunda-feira
que se desintegra
pela pleura
ainda antes das oito
todo mundo afirmando
que está tudo bem
apenas não vai ter aula
em razão do incidente
e amanhã também não
na sua turma
voltamos na quarta.

Em casa, deitado na cama
as pernas estendidas na parede
como se um dia qualquer
e como nunca antes
você tem tempo de sobra
— *toda uma vida pela frente*
é o que ouve dizerem —
tempo e ar nos pulmões
para imergir nos implícitos
das más notícias.

Pós-escrito para um poema tardio

Faz vinte cinco ou mais que não nos vemos
e não são meses nem semanas de que estou
falando, nem que culpa haja, ou seja
tua, minha: acontece simplesmente
um de nós ter morrido.

E como carta não chegava
em qualquer endereço que passasse
na Rua do Templo ou em Canoas
na Casa das Baratas, num terraço
do Bom Fim, no Piemonte
nos fundos de uma fábrica de mármore
em frente ao mausoléu de Halicarnasso
achei por bem não dar mais uma volta
ao mundo das ideias soterradas.

Do que nos livramos: as piadas
e trocadilhos derivados
com nomes de duplas sertanejas

as trocas e o quem-é-quem decorrentes
da heteronímia, da paronomásia.

O que persiste: sete ou oito fotogramas
e respectivos positivos
de uma festa de aniversário
a imagem pixelada numa rede
num grupo em que fui
incorporado, e tu
ao centro, mostrando os dentes
sem sorrir, de pé, uma ex-colega
fazendo um eufemismo convincente
na caixa de comentários
e assim os que não recordavam
recordaram, lastimaram e curtiram
o cupê made in Hong Kong
com portas e capô articulados
no fundo da gaveta das cuecas.

O que não interessa mais: o fato
por uma vogal apenas
do meu nome soar melhor
se alguém o chama
a mim, no diminutivo.

Abstinência

nem preciso considerar
o benefício do pigarro
que é poema em forma
de catarro

Aquele que não fuma, é evidente,
precisa compensar de uma maneira ou outra
a falta que isso faz diariamente.

Há os que devoram unhas, chocolates,
[comprimidos
acendem velas coloridas de perfume
praticam tiro ao alvo, caridade, terapia
esperam do incenso um hausto de tranquilidade
e falam com paredes, criam caso, arranjam briga.

Comigo a solução
é paliativa e retroagente
e envolve o vício de estar sempre à parte
num ruminar de rugas e descartes.
A vida, mal passada e como um prato
de pranto com vinagre e suco gástrico,

regurgitante vem de volta aos dentes.
Na reverberação dos maxilares
o som do mastigá-la encontra eco
e ocupa o oco
do sufoco permanente.

Casas separadas

Quando ela vem a cama fica cheia
de pernas e braços e cabelos longos e castanhos
dobrando a densidade populacional do meu
[colchão solteiro

Quando ela vem o travesseiro é dividido
e sonho é privilégio de olhos despertos no escuro
de curvas percorridas pelas mãos
de sopros sonolentamente sussurrados lábio
[a lábio
de pele provocada
arrepio
reflexo
susto muscular
provocando pressa
no lençol em fuga
já inútil
no chão

Quando ela vem o dia seguinte é modorrento
e há violões tocantes por todos os cantos

e um arco-íris pipocando em cada gota de
[sabão-em-bolha que as
[crianças sopram das sacadas
e as ruas sem saída e recendendo a jasmim
e os relógios como velhos bêbados de um bar
[de esquina
a girar sem rumo e por obrigação
manhã e tarde
tarde e noite
noite e sempre
até o momento de voltar
para o conforto inadiável
da cama vazia

Trinta e quatro quase cinco

Deu nisso olhar pra onde se quer
sequer olhar pro que não conta
pro que não é da conta

Deu nisso estar de olhos abertos
e olhar pro deserto de cada um
no incerto de cada hora

Deu nisso atravessar querendo não olhar pros lados
deixar pra lá a escolha de um lado
querer atravessar — e só — deu nisso

A convicção nos números deu nisso
a da juventude também
e suas horas de voo livre milimetradas

Deu nisso entrar mudo
e sair mudado —
boca que masca o de dentro não manda recado

Deu nisso podar os desplantes dos planos

rasgar os pacotes no pontilhado
acumular matéria-prima pra papel picado

Deu nisso intuir o método
sem saber incluir o improviso
ser inconclusivo deu nisso

Dizer que esse preço eu não pago deu nisso
que não faço nem que me paguem
por esse preço eu não faço

Deu nisso segurar o peso
na cervical
e a cervical na vertical

Deu nisso perguntar E se não der?
e se não desse a música era outra
o disco quase o mesmo

Deu nisso não querer dar em algo
e ainda assim não querer folga
deu nisso não querer dar nisso

O que deu — deu nisso
e poderia nem ter
podia não ter dado

Eterno fim

Se algum dia o mundo acabar
vai acabar assim:
uma quarta-feira 19 de março
pelo ano 3157 d.C.
no me-
          io de um cor-
                              te de cabelo
durante a execução da primeira parte
do hino nacional

Vai acabar assim
tão previsível e inesperado
que o pessoal nem vai perceber
e vai continuar vivendo
como se nada houvesse acontecido
e vai continuar dizendo
que o mundo está para acabar
por volta dos 3500
4000, o mais tardar

(Isso se não acabar antes)

Spleen '95

Quando um número um
valia quatro e noventa e cinco
as tardes eram planas e com gosto
de bala de coca-cola
palmeiras vicejavam pelos corredores
havia seguranças de fones de ouvido
sempre de olho em quem molhasse a mão
no chafariz redondo iluminado
e ai de quem ousasse
a contramão na escada rolante
ou as mesas livres da praça de alimentação
sem consumir
um cd saía por catorze e noventa
independente do sabor
os milk-shakes davam mil dores
de cabeça
e as garotas davam bola pros caras errados
na loja de importados havia tantas traquitanas
que apareciam na tevê e que ninguém comprava
e em pontos estratégicos urnas de acrílico
montanhas de cupons com as melhores frases

sobre a vida e o que fazer
com o carro exposto atrás do cercadinho
a pista de patinação era um desejo
pensado e calculado e congelado
até a próxima semana
porque às seis em ponto tinha que estar
[esperando
na mesma porta da chegada
o pai sempre atrasado
sem ter ido de novo no banheiro
secar as mãos na máquina de vento
e agora mais de meia hora pra chegar
em casa e não ter nada
além de dedos pegajosos de sorvete
nenhuma novidade pra contar
nem formular ideias sobre a morte.

Olhos abertos

Tirando os óculos enxergo sem estigmas
sem insígnias
sob o signo do astigmatismo
as coisas restituídas ao estado de fantasma.

Das formas me despeço
despenco, me distraio
nos quatro outros sentidos que não veem
e letra a letra engulo minhas falas
inalo meus impulsos de insultos
ressoo meus abismos, meus abalos
e sem fazer descaso
do descuido
esbarro nos borrões da minha bruma.

Onze-horas

Quando tio Mário saiu da garagem
empurrando a bicicleta
até o portão da frente
na noite estranhamente fresca de verão
já passava das dez
e ele ainda não sabia.

Quando tio Mário montou
na bicicleta
levava na cabeça
a pontualidade
das onze-horas suburbanas
acontecendo no pátio de casa
(prometidas por uma senhora
descoberta naquela tarde
e a não muitas quadras)
mas onze da manhã
só no dia seguinte
e ele ainda não sabia.

Quando tio Mário atravessava
os becos escuros e esburacados

em ritmo de caminhada
ninguém sabia do portão aberto
ninguém sabia da bicicleta
ninguém sabia das onze-horas
(talvez estivessem distraídos
com a noite estranhamente fresca)
os que sabiam de tudo
não sabiam de nada
e ele ainda não sabia.

Quando tio Mário parou
(quantos minutos depois?
talvez cinco)
ele ainda, ainda não sabia.

Não sabia do poste
em que haveria de se escorar
para recompor o ritmo
equalizar os agudos
da respiração.

Não sabia da ardência
do aperto, do lado esquerdo
ou como era costume
não levou a sério.

Não sabia que passantes
quaisquer, desconhecidos
sabiam sim o que era impulso
de humana compreensão.

Não sabia que seu filho
que não é piloto
(embora devesse)
pudesse chegar em sete minutos
no Instituto de Cardiologia
de Porto Alegre
(sete minutos
isso vindo de Canoas
e sem cinto).

Não sabia que no Túnel
da Conceição
também pudesse acontecer
além do irremediável
dos engarrafamentos
tudo o que cabe no silêncio
(inclusive silêncio)
como uma flor que se abre
doze horas antes do combinado.

Essencial

Faz parte da minha essência
acreditar no improvável
por exemplo
que a chuva é um processo
físico-químico-biológico
sem influência divina
e que as lágrimas são
amargamente salgadas
por natureza.

Tanta outra coisa
faz parte da minha essência
desde uma insistência em não procurar
um bom lugar para cair morto
até um jeito minucioso
de andar com a cabeça baixa
sem me emmimmesmar.

E o que fica de fora
faz parte ao contrário
como gostar de tudo

e todos e muito e sempre
pela ausência
coisa que se explica
se não pela minha essência
de arauto sem pressa
pela minha incoerência.

Fuga

Por exemplo, cavar com o dedo indicador
contrariamente à direção da luz.

Romper películas de vidro transparentes
campos elétricos, cristais, diodos

doidos, transistores.
Sentir na epiderme os tristes eletrodos

o lodo de íon-lítio, condutores, semicondutores
no dedo que entra fundo na ferida

traindo a memória untada de filtros, frases feitas
editadas, excluídas por remorso

e segundas intenções
deixando escorrerem as horas

perdidas, a rotina com script, as opiniões
sobre tudo e sobretudo as risadas

pré-moldadas e outras onomatopeias emotivas.
Destroçar contatos, causas, compromissos

agendados, simplesmente ir em frente
e depois da casca pouco espessa de alumínio

emergir do outro lado: eis um furo
real no muro virtual.

Acordar sobressaltado ao som dos pintassilgos
programados

tomar ar, entender que foi um bug
apenas, um sonho ruim, um mecanismo

inconsciente, contingente
e acariciar a areia movediça iluminada

(quem sabe dez minutos
de sono tranquilo)

da tela touch screen.

Eclipse

Um risco difuso
que pisca em mim
(fino feixe fora de foco)
desafia a noite
nos porões do corpo.

O traço
(ínfima fenda iluminada)
se é branca loucura
ou pressa, não sei. O traço
furta de mim os sonhos
que não me pertencem
e guarda — sozinhos — no lobo
(verbo e cicatriz)
occipital do cérebro.

Tantos lados
tantos jeitos
tantas formas de pousar
a cabeça sobre o travesseiro
no entanto nada

além de um fio
flamejante isca
que pisca e me pesca
peixe fora d'água.

O escuro me sobra
me sombra, me cerca
(até cegaria
não fosse invisível)
mas é a linha
lúcida, límpida, lâmpada
que não me deixa
em paz.

Por que não fumo

disfarce no dedo
a tragada no cigarro
amarela o medo

Fumar é o natural império
de ver a vida por inteiro
do fiat lux ao cemitério
continuamente no cinzeiro
a vida fugidia e sólida
ritual e corriqueira
eternamente renovada
na próxima tragada.

25 Rua do Templo

Troco de ano como quem troca o lado da calçada
numa travessa medieval:
poucos passos entre prédios fora de prumo
e mais nenhuma resolução a tomar.
Das narinas um nevoeiro
embaça minhas lentes e condensa uma nuvem
espessa nuvem de saudade e éter
que as mãos com sensibilidade de lã são incapazes
[de desfazer
e assim me ensina que há outro hemisfério
outras estações
talvez uma outra era
para um mesmo dia
uma mesma hora
para o mesmo
e sobretudo o mesmo
desespero.

Paro na rua deserta e sombria
companheira desta hora que não escolhi
rua deserta não muito distante

dos grandes bulevares abarrotados de alegria
[espumante
flashes ao vivo para o mundo inteiro
e meia dúzia de carteiras roubadas
rua deserta no coração da cidade
que um dia chamaram
talvez sem previsão de ironia
Cidade Luz
e descubro que Einstein quase oitenta anos antes
[do meu nascimento
sabia muito mais a meu respeito
e sobre este momento
do que Freud e todos os seus discípulos
sobre a condição humana.

Perco meu olhar no céu de estrelas falsas
e tomado de uma angústia pirotécnica
sinto que a hora ainda não chegou
apesar da respiração insistente de um acordeom
ressoando de uma janela acesa
ressoando de um longa-metragem do início do
[novo século
que músicos ambulantes trocam por moedas em
[estações de metrô
ressoando de uma taberna frequentada
apenas por mim e minha vertigem

sinto que a hora
não chegou
apesar dos segundos contados para trás
como um esforço coletivo e ébrio
de dar corda no calendário
este joguete de Sísifo que inventamos
para levar a sério
dia a dia
gregorianamente.

Sinto com precisão a hora
que não chegou
quem sabe ainda preso
ao ano que definhando escorre
sem uivos
pelas bocas-de-lobo
como a prova definitiva
de um nacionalismo desconhecido
quem sabe apenas confuso
de estar sozinho e sentado à direita
não de Deus Pai Todo-Poderoso
mas do antigo Observatório Real de Greenwich
[e de seu nulo meridiano
vivendo esta noite difusa
sem mesa farta de mãe e lentilhas
sem pai e irmão discutindo azeitonas e copos

sem falta de apetite e coragem
sem a promessa de não mais fazer promessas
sem peça branca de roupa no corpo
nem ao menos encardida.

Procuro mais um gole de consolo
numa garrafa de água de vida
como o alquimista que procura a eternidade
de seu corpo e de seu nome
num elixir grosseiramente destilado
com muita fé e pouca ciência
no seu laboratório particular
sem saber que o maior dos alquimistas
foi Guillaume Apollinaire de Kostrowitzky
que viveu perto daqui
em alguma esquina do Boulevard Saint-Germain
que morreu aos 38 anos
em 9 de novembro de 1918
e que não teve pai
nem pátria
portanto não deve ter tido
problemas com esta data.

Esta rua estreita que se tornou meu coração
rua sem saída e no entanto cruzamento

congestionado cruzamento de datas e nomes em
[que não é preciso
esforço para atravessar
basta ir em frente e não olhar para os lados
basta especialmente não olhar para trás
eu mesmo assim não atravesso
ao perceber que a distância
da última padaria aberta
é a mesma neste momento
que a de todo um oceano
com suas ilhas
com suas cadeias de montanhas submersas
e suas correntes marítimas
com seus navegadores sem rumo
ou simplesmente no rumo da morte
com suas águas salgadas e frias
salgadas e frias como a solidão e a noite.

Não muito longe passa o trem cujo sussurro
[agora escuto
ou recordo apenas
ou simplesmente invento.
Como todo trem ele vem do passado
desembarcando sonhos e planos de fuga
jovens de dezesseis anos que já não se lembram
[mais de suas infâncias

câmeras fotográficas olhos avermelhados cabeças
[baixas
pintores espanhóis mulheres com documentos falsos
uma criança com febre
um que se deixou ficar no banheiro durante o
[controle de passagens
e mais dezenas de pessoas boas
dezenas de pessoas más
um intelectual que não crê na divisão das pessoas
em boas e más
um ex-combatente mutilado
um vendedor de livros de auto-ajuda
um mau poeta.
Também já vim
naquele trem que vai
e um dia volta.

Jogo novamente o olhar para o céu de estrelas
[mortas e fumaça
penso nas léguas e livros que percorri nas
[madrugadas
penso na interpretação dos pesadelos
penso na célebre foto da língua de fora
penso na rotação dos planetas periféricos e dos
[relógios atrasados
penso em poemas escritos nas trincheiras

penso em Cendrars a bordo do transiberiano
penso no quarto que um dia tive
penso em meu pai que ainda vive.

Ofereço a mim o próximo gole
como o mais solidário dos meus brindes
tocando de leve o fundo da garrafa
no poste escuro em que me escoro
e busco fôlego para cruzar a rua
para cruzar o ano
enquanto aguardo a hora
sob o facho agonizante de luz
de uma lâmpada a óleo.

Palavra Paris

A palavra Paris tem cinco letras
e dois milhões duzentos e quinze mil habitantes
distribuídos em cento e cinco quilômetros
quadrados de espiralada grafia
o que a torna a palavra mais densa do enrugado
grisalho e trêmulo continente:
vinte mil pessoas por quilômetro ou cinquenta
hipotéticos metros quadrados para cada uma
(isso deixando de lado os vinte e sete milhões de
[turistas por ano
que ninguém sabe ao certo como se inserem
nos cálculos e nas calçadas).

Nos trinta e cinco quilômetros do perímetro
[de Paris
palavra de duas sílabas e vinte arrondissements
há espaço para trezentas e setenta e duas salas de
[cinema
cento e trinta museus
cento e setenta e dois teatros

quatrocentas e setenta mil árvores em
[quatrocentos parques e bosques
e jardins de travestis e gramados sempre bem
[aparadinhos
mesmo se em repouso de inverno
trinta e sete pontes ao longo de treze quilômetros
[de Sena
e tantas tardes (quantas?) repetidas em suas margens
no malogrado esforço de entender pela
[observação
algo sobre o funcionamento do tráfego fluvial
dos piqueniques e dos primeiros beijos.

A palavra Paris carrega tantos nomes
além das placas-de-aqui-viveu dos prédios
as setecentas e noventa colunas Morris
as cento e vinte fontes Wallace
as oitenta e seis edículas Guimard
mas são os cinquenta e sete mil postes de luz
[anônimos
que mesmo na noite mais negra deixam ver
os ratos e as cervejas baratas
dos oito mil deitados em bancos, sacos de
[dormir, barracas
ao lado de Morris, de Guimard, de Wallace
sem saber quem são.

Cabem na palavra Paris vinte mil cafés
embora sejam dois em Saint-Germain-des-Prés
a levar sozinhos a fama
cobrando caro pela sensação de Sartre
esse que tantos tocos de cigarro pelo chão legou
[à humanidade
só de pensar nela
o mesmo chão que minha cabeça baixa
[esquadrinhou
por dezessete mil quinhentas e vinte horas sem
[chegar à conclusão
o mesmo chão que cento e cinquenta mil donos
[de cães
adornam com dezesseis toneladas diárias
do mais fino cocô não-recolhido do planeta.

No avesso da palavra Paris e nos mapas de bolso
enroscam-se catorze números e cinco
letras de linhas coloridas que não perdem o fio
nos trezentos e vinte e sete nós por onde transitam
quatro milhões e meio de passageiros por dia
como se num dado momento estivessem
todos e ao mesmo tempo nos subterrâneos
(isso duas vezes ao dia)
deixando então a superfície livre

e as rotatórias ainda mais redondas
as esquinas ainda mais em Y
mais simétricas as esplanadas, e amplas
a ardósia dos telhados mais acinzentada
e as áreas internas dos prédios ainda mais
                    [escondidas das ruas
as ruas de tantos sentidos e segredos desta palavra
que parece planejada para ser vista do alto
por pessoas que jamais chegaram
a vê-la do alto.

Paris é palavra de etimologia insular
e tem na Île de la Cité seu ponto zero
onde cento e oitenta e dois anos de pedras nos
                    [ombros
foram necessários para construir uma igreja que
                    [milhares de olhos
atrás de câmeras digitais percorrem em quinze
                    [minutos
essa mesma ilha onde viveu Maria Antonieta
encarcerada até rumar
de carroça para a guilhotina
também a Île Saint-Louis onde Baudelaire morou
e muito haxixe fumou com os amigos
e onde Camille Claudel perdeu a cabeça
mas não por guilhotina nem haxixe

e esta terceira ilha que meu pai ainda procura
como se algo de novo pudesse surgir
no mapa que levou consigo
a mão roçando a careca e a insistência
dos que vão deixando a memória pelo caminho.

Há na palavra Paris uma rua e um prédio
e uma porta vermelha e um código
[a-doze-sete-nove
anotado em uma folha de caderno
folha jamais consultada e que quando redescoberta
lembrará que o esquecimento é a maior das
[misérias
e que depois da porta vermelha havia uma escada
e cinquenta e oito degraus até um terceiro
andar e uma porta entreaberta (a da direita)
onde os tempos e modos agora se confundem
(será que foi sempre setembro?)
e diante da qual já não sei
se adentro para uma última vez
ou se termino de fechá-la com apenas palavras.

Mas como dispor e guardar
o que está fora e o que dentro esteve
dos vinte e dois metros quadrados
revirando névoas e noites, números e ninharias?

Esses vinte e dois metros quadrados
que divididos por dois são onze e são a parte
que cabe ou coube a mim dessa palavra
eu que não passo de um nome de cinco letras
e que conto os pássaros nas praças
e os amigos nos dedos.

As duas janelas e os dois invernos
o degrau da entrada com um violão
compondo atrás da porta (escorado no armário)
um enredo improvável com um patinete e um
[taco de hóquei
os dois cones truncados e invertidos que eram
[abajures
pendendo da prateleira de livros sobre nossas
[cabeças
tal qual o lustre de cristal que não era cristal
e que não era lustre mas disfarce
para a lâmpada que sorrateira escapava pelo lado
a poltrona vinho modelo poeta maldito
com defeito no assento (a que uma toalha dobrada
foi providencial para a correção da curvatura)
e sob a qual uma tapeçaria materna operou o
[milagre
da transformação do nada em gaveta

a mesa azul que era sala e cozinha e estante e
[escrivaninha
os pratos na parede com motivos florais
eu que não sou de paredes com pratos
que dirá de motivos florais
e a vassoura felpuda cujo nome jamais descobri
que compramos para nunca usar
simplesmente para estar ali
reservatório de pó no canto do banheiro
porque tudo haverá de estar ali
no canto da lembrança
esquecendo-se entre as cinco letras
da palavra Paris.

Rua do Templo Revisitada

Não: não é sobre perder-se nem sobre estar
[desorientado
sobre estar preso
não é sobrepor-se, pose, primeiro plano de
[cartão-postal
nem sobre o lado escuro ou claro da calçada
de uma travessa medieval
estão gastos os meus olhos, desabituados
eu sigo rumo à rua indecifrável
agora que o gosto de amargo ficou cinza
e foi preciso voltar e revê-la
e ainda é dia
e já não chove.

Em volta o silêncio envolve homens envoltos em
[casacos de golas levantadas
envolve mulheres de passos firmes e echarpes
[escandalosamente volumosas
envolve o garçom que saiu para um cigarro
e não se incomoda com as mangas curtas

envolve os pés dos homens e os das mulheres e os
[motores dos automóveis
que aguardam o sinal verde enquanto o garçom
[fuma e considera
envolve toda e qualquer superfície num manto
[de veludo
em volta o silêncio que em mim não há
nem houve.

Sigo depois da noite longa
longa travessia em ambiente pressurizado
minhas pernas estão cansadas de tanto descanso
outra noite que fiquei às claras
indo e indo sem ter para onde ir
como as noites de quem foi à guerra e não queria
[deixar de sonhar.

Carrego meus passos pela cidade romântica
andando sobre um rastro de sal largado ao longo
[das calçadas
como se calos nos pés de uma deusa demente
como migalhas inúteis de um caminho de volta
as árvores são esqueletos de braços erguidos
prestando reverência às fachadas desbotadas dos
[prédios
o céu é como um trono vazio

e todas as fotografias ficarão ruins
todas
e enquanto olham pelas lentes e visores eu
[caminho
me alongo em lentas orações subordinadas
delongas ao inadiável
buscando uma certa certeza de ser dono de
[meus passos
(estou perto)
mesmo com o risco da madalena murchar
desmanchada no fundo da xícara de chá.

Eis dois anos que levo apenas comigo
dois outros anos da rua que é rumo
da rua onde montei mais um degrau da minha
[escuridão
contando nos dedos os dias de sol
e nas noites o tempo a perder
como um vetor desorientado
porque se haviam misturado os eixos
[perpendiculares
onde procurei o norte às minhas costas
e flanei pelas linhas de fuga
onde conheci a solidão das ruas que terminam
[em impasse
sem paz nem posse

e agora não faço menção de apertar o passo
que já não sei se quero
ou posso.

Meu trajeto é como um velho álbum de
[fotografias
e o protagonista está morto
é possível reconhecê-lo, é possível chorá-lo
é possível identificar-se com ele
dar-se conta de um detalhe ignorado
porém jamais será possível revivê-lo
eu estou vivo e vou virando páginas e páginas
sob a superfície de luvas meus dedos continuam
[roídos nos cantos das unhas
as chaves do que chamei de casa foram devolvidas
e a rua aonde vou está para minha memória
assim como esta cidade para uma ideia
moldada em pedra de talhe, sacadas nos segundos
[e quintos andares
e telhados de ardósia que já foram cantados em
[canções
uma ideia construída por destruições monumentais
sem direito a incêndio ou terremoto
em nome da preservação de um sonho napoleônico
onde mesmo a decadência traveste-se em
[verdade haussmanniana

e as verdades humanas em tocos de cigarro no
[entorno das árvores
entre as hachuras das grades que as emolduram
enquanto pessoas livres produzem seu silêncio
[diário
com as pernas enroladas em cobertores
a barba por não fazer
e cartazes poliglotas que anunciam sua fome.

Minha fome não é a mesma
levo no bolso interno do casaco um passaporte
[legítimo
lado direito do peito
ele insiste que não sou tão estrangeiro
e mesmo assim eu sigo sem saber andar de
[cabeça erguida
porque sei que não são dois anos
após dois anos
que vão mudar dois séculos ou mais
que não sou eu que vou mudar este lugar
porque sei que as ruas não sabem meu nome
eu que não sou digno de nota
tampouco de pena
eu que mais de um poema escrevi sobre esta cidade
sobre esta rua
(façamos a curva)

e ando agora por ela.

Ó portas do paraíso ou da percepção
ó caminhos de ferro, campos elísios, cometas
[consternados
ó mares que se abrem, ó deuses fajutos
ó auroras boreais dos meus desejos
não sois tão verdadeiros como esta rua
não me dissestes o tamanho do mundo
não me dissestes o que eu supunha saber
ó poetas descontentes em jardins enfurecidos
ó pretensões e pastiches, museus incendiados
ó ruínas romanas ornadas com latas de refrigerante
não fostes capazes de me dizer que a vida passa
que sou pequeno e mesquinho
e que amanhã talvez seja domingo
ou segunda, ou tanto faz.

Enfrento a rua com os olhos que tenho
inevitavelmente me aproximo da esquina fatal
a chuva recomeça e os homens não mudam
[seus planos
estão orgulhosos de seus planos
calçam sapatos confortáveis e obedecem a
[seus planos
meus cadarços estão desamarrados

é preciso elevar a cabeça, ajustar o ângulo
o chão está preso a meus pés e a febre passou
[de repente.

Busco a janela do terceiro andar
o ar me foge enfumaçado pela boca
objeto e observador fundiram-se
as palavras que não direi se liquefazem
e as cortinas são as mesmas
as coisas seguem inabaláveis
pequenos passos, grandes saltos
voos de chegada e partida confirmados
as guerras não cessaram
o sol agoniza e morre ao final do dia
a palavra Paris tem cinco letras
as metáforas aniquilaram os poetas
e cortinas verdes são apenas cortinas verdes
uma janela às vezes é só uma janela
de onde ninguém me olha
porque não posso ser visto
porque não quero ser visto
eu que ainda não tenho um relógio de pulso
não tenho nada a perder
e preciso aceitar o próximo passo.

Livro-me das luvas como quem depõe as armas
reato os cadarços
meus olhos ardem na rua longa e alheia:
o barco ficou sóbrio e já não sabe
não quer voltar para casa.

No agora de outro horário os meus anseiam
[por notícias
um telefone atendido ao primeiro toque
(ainda se fazem chamadas a cobrar)
uma mensagem protocolarmente incompleta
e suficiente.
Não vim tão longe
para dizer que está tudo bem.

Pé após pé
meus passos se desatam
as lâmpadas pressagiam a noite
em suas bolhas de âmbar bambo.

Como um segredo revelado
na próxima esquina se abre uma boca de metrô
e de seu vaivém ventral emergirá alguém
alguém que nunca mais será o mesmo
talvez nos cruzemos nas escadas
sem querer nossos ombros se toquem

nossos olhares aterrorizados se reconheçam
enquanto na plataforma um sinal sonoro
(não ouviremos)
anuncia o fechamento das portas
e o painel eletrônico decreta
três minutos para o próximo trem.

Palavra Perdida

Dois e dois são quatro e com mais dois eu já não sei
se os dedos da outra mão ajudam a contar
ou criam confusão entre os jacarandás que
                [enxergo da sacada
(no muro do outro lado mora um grito
escrito com spray e cerca elétrica)
e o que procuro em outro canto mais ausente
mais escuro
por sob os flashes pontiagudos de cada
                [milissegundo
sem nunca desfazer (não por inteiro) essa valise
                [revirada
eterno ensaio para um gesto involuntário
essa lembrança ofegante
resto de resto
essa palavra perdendo
perdendo
mais um semitom.

Não sei se por descargo ou por descuido
(o sol que passa oblíquo

dois pássaros pausados sobre o muro)
tão fácil acho o prumo rumo ao rumo que
[não volta
e vou como quem sai de cena ou de assalto
e ando como um santo em pleno surto
como um mendigo em dia feriado
e flano como alguém que sabe exatamente
onde não vai parar.

Mas antes tarde (hoje) do que nuvem
me nego ao que os atalhos insinuam
retalhos, paliativos
me imponho estar só e sólido (ou tentar)
reter a tentação do engano
pensar no que há por vir
(olhos limpos no relógio de pulso
que não tenho)
e colocar o tempo em seu devido lugar
ouvindo a música sem cordas onde me prender
fugindo de deuses fáceis e buscando a salvação
temendo e achando bom e temendo três vezes.

Que vezes dois também, e eu finjo que não sei
e sigo cada linha do meu pensamento
como escandi meus passos no cruzar da ponte
(dedos cruzados, chuva ou noite, ida

e volta
até a resposta conhecida)
como quem toma as unidades de medida e os
[sistemas métricos em alta conta
(eu que não tenho fé, nem profissão, nem
[outros bens)
e assim eu fui à cidade
e da cidade à palavra
e da palavra aos números
e assim perdi cidade e números
e a essa altura já não sei o que me falta
se gps, trena, treino, jeito, dicionário,
[impostação, melhor postura
ou se não mais que acolher a derrota e propor
[minha voz
(última vez?)
ao sacrifício.

Aqueles tantos números, que valem?
se o que me falta é uma tarde de outubro em que
[cortei as unhas
a manhã em que me achei num movimento
[mecânico
voltando da biblioteca Baudoyer
(oficialmente Arthur Rimbaud

desde oito de março, dois mil e quatorze — e
[como é que eu ia saber?)
ou noites de janeiro do alto do vinte e cinco
vendo a cruz da São-Merri com a rua do Templo
pelo âmbar da iluminação olhando bares
e visualizando barricadas
que valem os números agora?
se desde então tenho lidado com a rosa dos
[ventos do google maps
andando imóvel a esmo
e humilhado confesso: ainda não é um lugar
[qualquer.

Desta sacada imune onde me ponho fora-dentro
perdido ponto em plano cartesiano
perímetro e fração de todo
relendo cartas e papéis picados
(revides a cartões-postais
pirâmides possíveis de um baralho)
sei que a palavra segue intacta
e mais se usa, pouco fica fraca
(afora as seis ou sete acepções
puídas nas dobras dos mapas e guias)
aquela palavra onde apalpei o fundo dos bolsos
levando por suas cinco letras meus passos adiante
no rastro de tantos

que poucas migalhas deixaram
onde amei quem amei e vivi com quem vivi
e juntos tivemos amigos de algumas horas
e juntos deixamos de lado o que tínhamos
a deixar
onde cuidei meu pai que não se extraviasse
e meu irmão (mais novo posto que mais velho)
onde aprendi minha mãe, que não se explica
onde alinhei o frio e um resquício de fome
(fazendo contas e de conta
que eram duros tempos)
os olhos ao chão achando o que nem procuravam
(um imigrante empoeirado
muito mais imigrante do que eu
desenterrando um anel de ouro)
e ouvi a música da morte
voltei pra casa e me aqueci.

E quis não esquecer, como se fosse
possível (talvez fosse), como se a água do rio
não carregasse em si suas margens de invenção
e falsa modéstia (um cubo mágico
que não tivesse faces nem arestas)
como se alinhavar fonemas e falácias fosse
[melhor resposta
que o silêncio completo

e quis não esquecer
pomposo, esperto
sem entender que abismo é sempre abismo
ainda que durante a queda
se olhe para o alto.

Aceita, adulto mimado
que o escuro não é exclusividade tua
(e se já não o temes
não tires também daí grande vantagem).

Em doze ou treze passos chego à ponta da sacada
enquanto o motor de um carro dá indícios
de que não dá, não dá, não dá
não vai mais dar
enquanto uma garota na calçada
desliza pelo mundo em touch screen
enquanto o pôr do sol se trama sem esforço
(se galos houvesse
retirariam o que fora dito)
eu dobro as folhas
uma a uma
das janelas do quarto
pelo lado de fora
a confusão fica para outra hora
outro dia

talvez daqui dois anos
a brisa já não diz nada e o horizonte
é rosa como a melancolia
eu refaço os treze ou doze passos
dou as costas para a sacada
e avanço sem letras
algarismos
sistemas de elementos ordenados
tentando chegar em casa
                                        — e acendo a luz
                                        se for o caso.

Luz natural

Teus dedos são palitos que roçando
o fósforo das unhas na minha pele
nos flambam
                    ambos
                              explosão de âmbar
na troca de saliva e de segredos
do ato de morder e ser mordido

O fruto proibido é devorado
enquanto engatinhando ou encaixados
fazemos força lúbrica: serviço
de vais e vens e ais intencionais
proposto pelo corpo e exigido
pela concentração de dois olhares
que sabem muito bem o que ilumina
na exata proporção do que se sente
o escuro do ambiente em que é vivido

Com dedos, pele, fósforo e contato
nosso quarto dispensa luminárias

Place Dauphine

Mas se sou mero pescador
que com esmero espera peixes fora d'água
não é de graça estar sentado, é pura praxe
a uma hora dessas numa dessas praças
assim atento espectador de espectros
assento para pombo ou corvo
astuto, estátua, pose para foto
assim em condição de espelho
embaçado especulando se um dia
meus caros, um dia
minha casa, um dia
talvez um dia
em meu caminho, um dia
em minha vida, um dia
se isso por algum acaso
um dia —
pensando bem
isso não passa

Penúltima cena

Não seja assim demais pra mim
sob pena de eu perder a tramontana e
fazer exatamente o que devia.

O um pelo um milhão eu ofereço
e pago em triplo ou dobro e antecipado
ou mesmo acupuntura em carne viva
eu faço — e ando de um pé só, se for o caso,
(viagem contramão e sem escala)
de onde for até onde não for mais.

Não teimo por capricho ou por intuito
mas por notoriedade em meios-termos
e não me podem disto discordar:
faz diferença
outro ou eu?
Variedade? Posso ser uma centena
sob a mesma falta
minha falta
minha tão grande falta de adequação.
Convivência? Posso estar ausente

nos momentos mais indesejáveis do presente
além das ocasiões desnecessárias.

Só não diga que não avisei.

Isso posto, se não basto,
me descarto
renuncio
viro rastro
e me torno
(vento em popa)
tudo aquilo que você esperava.

Última cena

Entrei devagar no táxi apressado
num dia que não chovia
nem fazia muito calor
e pedi que me levasse até em casa
pelo caminho mais longo e mais lento e mais
[rádio am por favor
que eu ia contar a história de nós dois
eu ia contar a história triste de nós dois
e que deixasse os palpites pra depois
e agora fosse só amigo companheiro e me ouvisse
hein, que tal?
que eu ia contar a triste história de nós dois

Tivesse dito
siga aquele carro
apontando pra frente
teria sido um bom começo
mas um fim
com toda pinta
de próxima temporada

Pormenores

Não vou falar neste minuto sobre os planos
para os futuros e futuros anos
nem revirar as cartas e as gavetas e a memória
mas você bem que poderia me apontar
aonde fica o dia de amanhã.

Cadê a chave desta porta
de partida em que não parto?
Qual dessas chaves tira a luz
qual destas portas leva ao quarto?
Qual é o meu lado no colchão daqui pra frente
se a cama agora é um desperdício
(um edifício de costas pra rua)
e como funcionam mesmo as horas
nesse relógio de ponteiros?

Quem sabe você dita e eu anoto
neste meu bloco que você me deu
esses enormes pormenores de ordem prática
da vida útil
da aderência e da ferrugem
ou é demais você também me esclarecer
como se espanta o pó?

Prestação de contas

Conheço o jeito exato de fazer errado
perdido nesta teia que não tem enredo
(como bater na porta com a ponta dos dedos
como buscar um bit num banco de dados)

Conheço de cabeça o que não interessa
aos donos da verdade, este bilhar sem mesa
(o rio não tem por que fugir da correnteza
a lesma só se arrasta porque não tem pressa)

Conheço pelo som o que não tem sentido
o que não tem segredo, puro falatório
(os riscos nas paredes dos reformatórios
os traços de audiência dos desconhecidos)

Conheço por inteiro o meio do caminho
e até ali eu vou: depois dali não passo
(relendo folha a folha os mesmos calhamaços
ilhando-me no espelho a milhas dos vizinhos)

Conheço com frequência o que não passa nunca
e deixa marcas roxas no fio da navalha
(um pássaro acalenta tanto que atrapalha
um copo de aguardente mais que alegra trunca)

Conheço pontualmente a falta de horário
dos que me fazem falta nesse dia a dia
(atrás dos velhos álbuns de fotografias
atrás das folhas rasuradas dos diários)

Conheço e recomeço e logo mais esqueço
(no ouvido a mão em concha perguntando onde
na testa a mão em aba procurando longe)
atalhos, chaves mestras para o lado avesso

De um pedinte

Eu sou o mudo
que vos fala
com voz falha
e o troféu da indiscrição.

Eu tenho o corpo magro
purulento
e uma positiva papeleta
amassada
para esfregar na cara de todos
que me dão
ou não
atenção.

Eu sou uma vergonha
nem tanto pelo meu aspecto
nem pela minha condição.
Eu tenho a mais pura vergonha
(o azar é seu, se isso o envergonha)
de chamá-lo irmão.

2666

Do que tem sido feito aqui
                    o que será
                              o que será que vão dizer
(quando *aqui* não passar de uma década insossa
                    digamos a nossa
                              de um tempo remoto)
aqueles que se dispuserem a nos estudar
                                        nos entender
diante dos nossos nudes e pedidos
pendentes de amizade?

E as nossas hashtags maneiristas
serão como os mancos de muletas
nas telas do Bosch
como as sacadas de um Montaigne insone
dentro e fora de si na sua torre
ou serão lidas cheias de dedos
                              ao pé da letra?

As tatuagens murcharão
                    isso é sabido

junto com a pele esfarelada
mas e quanto aos álbuns de selfies que deixaremos
etiquetados
datados
geolocalizados?

Terão as garrafas pet algum papel
(também as latas
com nomes anônimos e altos teores
de alguma coisa)
ainda que nas lixeiras
dos anais da história
ou pensando bem um ou dois séculos
de decomposição
não são lá uma cerâmica chinesa
não são exatamente a ponta
do iceberg civilizatório
a ponta de uma lança em pedra lascada?

Em até três tentativas
conseguirão decifrar alguma senha
com baixo nível de segurança
(quem sabe a data de nascimento com oito dígitos
o segundo nome da mãe ou do primeiro
animal de estimação)
para flanar nas avenidas de domingo

de uma rede
social
cidade
fantasma?

E os que deixaram mensagens não lidas
(ao menos aqueles que por vontade própria)
queimarão porventura no primeiro círculo
ou teremos conseguido endireitar a curva
do aquecimento global
ao menos repensado a distribuição
dos cômodos
do inferno?

E das noites que passamos formando filas
o que será que vão dizer
formigas de olhos acesos
em portas de casas noturnas
e das noites percorrendo a cidade
sob a farinha moral dos taxistas
e das noites em looping e tevê full hd
olhando nossa vida de baixa resolução
com três a cinco segundos de atraso
e das noites que ninguém pede
(aspas e espaços
interdependentes)

e sem que ninguém peça despencamos
desvelamos
(queiram ou não)
peça por peça
o desespero da nossa espécie?

Hematoma

Bicho não era não nem monstro
mas tinha um jeito de falar rugoso
hálito grosso, pele de búfalo
e pelos precoces no rosto

Bicho não era não nem monstro
mas tinha dedos de acertar cascudo
braços de engravatar pescoço
mais mil palavras proibidas
pra xingar mãe filha da puta

Bicho não era não nem monstro
mas vindo pra cima
sem chance de fuga
e chuta que chuta
e cuspe que gruda
e roupa rasgada
e tome hematoma
patrola animal
ceifando com raiva
com calma com gozo

a erva daninha
a flor-que-se-cheire
o joio medroso

Bicho não era não
nem monstro
eram as tardes em busca de sombra
no alambrado da infância

Hiato

Eu faço a vida não como quem corre
mas como quem morre um pouco
a cada instante.

Eu faço a vida como quem assalta
a própria casa
o próprio quarto
o próprio bolso
e com segundos de silêncio entre as palavras
furta (de casa e quarto e bolso) a intermitência.

Eu faço a vida como quem esquece.
Eu faço a vida como quem retorna.
Eu faço a vida como quem repete dias inteiros
em madrugadas de lençol e dúvidas.

Da chuva eu faço em mim a tempestade
que preenche o espaço aéreo, pulmonar
e deixa deslizante uma avenida
com poças de saudade (água e sangue).

Eu faço a vida como quem tem sorte
e não pratica
como quem deseja o fruto
e o tendo à mão
não colhe
como quem só espera
da lástima
que evapore.

Memorabilia I

Antes do tempo ser tempo
meus avôs já não estavam.

O que conheço fui supondo
nas folhas soltas do passaporte
de um
seus carimbos e ângulos abaulados
nas arestas das histórias que foram
de outro
(melhor seria não
tivessem sido)
cantadas em sotaque
vozes altas
alteradas.

Desde o dia em que o primeiro
(minha mãe tinha seis irmãos
uma irmã e treze anos)
houve uma década — dias contidos
contados dedo por dedo
internato, colégio de freiras

e roupa lavada pra fora
(pelo mundo pessoas dançando
no escuro da lama e do espaço
correndo de volta pro mato
malucos de guerra, ócio, ácido)
— até o dia em que o derradeiro
(meu pai aos vinte e três
quatro irmãs e cinco irmãos).

Houve uma década entre meus avôs
uma galáxia entre os dois pontos
assinalados no vazio desta linha
que só existe enquanto traço
como dois pontos
sem nova linha
travessão
uma década como um punhado
de dados lançados
no pleno do acaso, num plano
inclinado, numa planilha
no pé de uma página
desenraizada.

Memorabilia II

Numa década em que estive
esgotaram-se as avós.

Guardei da primeira o clarão
na janela, de través
déjà vu de um travesseiro
da segunda chinelos de lã
arrastados rastelando
cada dia, cada dia.

Esgotaram-se as avós
em dez anos: uma antes dos trajetos
no banco — éramos três — de trás
do corcel azul cobalto
galopando a três-oito-meia
e o lombão da Medianeira
antes das temporadas
dos temperos de Cidreira
— céu de brigadeiro, mar de chocolate
nescau com açúcar na cama
vinagre espargido nas costas —

antes das tardes de temporal
— pijama, pipoca e pitfall —
no tapete verde da sala
a outra durante o trajeto
sem fim atrás do doutor
que devia
só podia
estar brincando
de esconder.

Memorabilia III

Afora os que estavam nos dedos
pouco soubera dos números
e por que se contasse com eles
a avó que viveu menos.

As letras que — sublinhadas
com a ponta da unha — se liam
trazendo tendência ao tédio
ficaram pra tias, pras tias.

Viver foi, afinal, ir vivendo
sem fórmulas ou aforismos.

A avó que viveu menos
terminou — como
disseram — confusa
mas isso não vinha ao caso.

Viveu menos e casou
com o avô que viveu mais:
inversamente proporcionais
na mesma gaveta do cemitério.

Memorabilia IV

Era uma vez um avô
que pintava.

Os meses passados
quase que por inteiro
na capital
trazendo a tiracolo o medo
de querer ficar
levando de volta um ou dois nacos
pra dividir em dez
de bacalhau
além de uma dor de dente
que não sabia ter fim.

No início da Independência
havia uma pensão familiar:
o resto é especulação.

Onde almoçava
por onde passava
de onde ele via o sol

se pondo — a oeste
dos seus sonhos —
era um mundo de muitas paredes
e prédios pintados por empreitada
pra que soubessem perguntar.

Correram dois anos
de dor de dente e gemadas
primeiro com leite morno
depois com café preto
depois com dois dedos de vinho
depois com ânsias e faltas
de apetite
depois a cachaça pura
(os trechos de terra batida
em nada ajudando na queda)
e tudo purgado em surdina
em panos quentes e manchas
salientes na cara.

Um dia deixou a brocha
o andaime, a capital
pra lá e pôs
as coisas em cores vivas.

Contou em respingos que não

a dor não era de dente
e contou das gengivas ardidas
das pústulas de rubi
e contou da fervura
que subia pela garganta
e contou das aplicações
de cobalto na Santa Casa
e contou do azul de metileno
comprado em São Leopoldo
e contou que já era tarde
que dali não saía mais.

Não contou do rádio
na pensão da Independência
que captava o canto da sereia em ondas curtas.

Não contou da vontade
de chorar
— pra isso fechava a porta.

Memorabilia V

Nenhuma palavra além das inquebráveis
nenhuma história em potencial, nenhum
barulho ou cheiro ou gosto que tivesse em si
[algum
segredo, que se insinuasse, que fosse
gatilho, chocalho do esquecimento
premissa de um ato falho
nenhuma palavra além, nem a quem
apenas bolacha maria em farelos molhados
no pires de nescafé com leite
ou nacos amassados do pão
que ela sozinha
na cozinha — e com
as próprias mãos.

Depois lavar os dentes
no tanque
e ir pra cama no quarto contíguo
independente e de frente
pra área de serviço.
(No projeto da casa nova

havia o quarto da vó.
Com janela e vista pro pátio
— vida breve, obra longa —
virou sala do computador.)

A avó que viveu mais
e o avô que menos.

O que será que escondia
enquanto misturava — no centro
da casca — com a colherinha
a gema líquida e viscosa na albumina
enquanto desfiava de memória
seu cento de Ave-Marias?
Será que lembrava do hálito
do gosto de vinho ou cachaça
que devia vir de dentro do semblante
que persiste severo na foto?
No que haveria pensado
naquela tarde de sábado
(por pouco não foi primavera)
indo deitar na cama
sem rezar, lavar os pés?

Minha avó, seus olhos sem ânsias
pequenos e descaroçados

que encontro no rosto do meu irmão
se a luz é baixa e estamos
bêbados e desacorçoados.
Minha avó e seu silêncio
sua data de nascimento:
seis dígitos — três pares
na senha do banco
da minha mãe.

Memorabilia VI

Era uma vez um avô
que ajuntava ossos.

Ajuntava os ossos
de quem vivesse
ou viesse pra ver
e fazia isso com gosto
fazia isso de graça.

Ajuntava osso com osso
fosse canela ou braço
pescoço, dedo, bacia
de gente que se achegasse
às vezes se debruçando
às vezes com dores tranquilas
às vezes caindo aos pedaços.

E não que lidasse com gesso
tampouco lidasse com aço
cirúrgico, prótese, pino
carbono em fibra — o cazzo:

muleta nascia da lenha
e galho e pedaço de tábua
eram tala — e um talagaço
de canha, de anestesia.

Sem raio x e diploma
meu avô percebia por fora
e revirava como ninguém
o que estivesse por dentro.

Portanto Porto Alegre

Antes do pôr
do dedo em riste da usina
antes da ponte, da ponte de pedra
da catedral, da praça, do palácio, do viaduto
antes do hotel, antes da casa de cultura
antes do muro, da enchente, do incêndio,
[do mercado
das Dores e dos dois São Pedros
do Brique, antes da Lancheria
da Redenção, da Conceição, da concessão
antes das torres comerciais, dos espigões de
[espelho e vidro
antes da feira, do fórum, da fifa, da copa, da coca
mais antes
antes da rua de noventa metros
(seu nome que ninguém conhece)
e o túnel verde a poucos palmos da sacada
bem antes dos vinis e noites inteiras
e noites, outras, acesas, cruzando avenidas
[desalinhadas

antes ainda que os caminhos fossem todos dar na
[João Telles
o Nonoai, a Santa Anita, o Piemonte
no pátio da escola, imenso, indeciso
entre freiras de hábitos cinza e os braços de fora
[das apenadas
em busca daquele amigo (que frágeis pulmões ele
[teve)
antes até certa manhã
segunda sexta-feira do primeiro mês
do primeiro ano
da penúltima década
num quarto (quinto andar) às margens da Ipiranga
diluviando lágrimas broncoespasmódicas
antes
só mais um pouco
noves fora
e já não sou.

E não sei ser
nem faz sentido
sem teus parâmetros e picuinhas
se eu não flanar pelos teus vícios circulares
pelo viscoso do teu ar
teus crimes na segunda
do singular

pelas buzinas dos teus motoristas
latejando, Porto Alegre, as tuas têmporas:
detalhes de um rosto sem retrato falado
que em tanto outro lugar reconheci
("Da rue de Rivoli fiz minha Osvaldo Aranha
a João Pessoa minha Damrak straat
etc." assim mais de uma vez eu comecei
ou quis, o teu poema)
cartão-postal-umbilical, cidade-nação
porto da minha angústia, do meu ajojo
calvície e lençóis suados
porta de muitas saídas
e jovens de sonhos lascivos
(sucesso e São Paulo)
tua baixa modéstia e visibilidade
para pousos e decolagens.

Porto Alegre, por que me tirar o sono
por tão pouco?
Porto Alegre, e esse faz de conta
esse diz-que-diz-que na fila do caixa?
Porto Alegre, quais são teus dilemas
teus planos?
Porto Alegre, posso fazer
uma pergunta indiscreta?
Porto Alegre, quando é que eu vou ter

uma resposta?

Porto Alegre, teus poetas ou foram felizes
ou muito covardes.

Porto Alegre, quinta-feira
vinte e seis de março
mil setecentos e setenta e dois.

Porto Alegre, a verdade
é que não sei se te amo
se fui infiel ou estou apressado
se ainda sou jovem, se já me arrependo
só de pensar que te escrevo, Porto Alegre
que te desejo meu inferno
depois do último dia
de sol
depois do pôr.

Aula magna

A verdade tem quatro estados físicos
sólido gasoso líquido poético
três dos quais não preciso comentar

Quando me encontro num tal estado
de assobios e de ribombos em staccato
disperso ao vento e feito pólen
me disponho a fecundar
palavras soltas sobre os sulcos do silêncio
que desabrocham como planta ornamental
regada a sonhos e adubada com a crença
que ser inútil também tem utilidade
e que nem só de seiva vive um vegetal

Inflorescente e subversivo
então
de tudo e todos
permito-me discordar

GMT-3

Não conversamos mais
nem nos faz falta
apenas gritamos que chupem
pelas janelas
trancamos os cruzamentos
bloqueamos
batemos panelas
de punhos erguidos
aos murros
ruminantes em fila dupla
as portas com pinos baixados e o ar
condicionado.

Com altos orçamentos e lobistas
pesquisas
powerpoints
perfis forjados
teremos reinventadas as berlindas
coleiras e tripálios
(a roda e a linha
de montagem já voltaram

e as armas e os varões
assim ou assados
esses nunca estiveram fora
de cogitação).
Estamos todos tontos e apressados
estúpidos
estupefatos com os fatos
destemperados
em outro tempo
tempo de cidadãos de bem e áreas vip
pet shops humanos direitos
diferenciados
dízimos dilemas de crédito ou débito
café em copos
de papel timbrado
a higiene hiperembalada
de álcool gel e talheres de plástico
proteínas promissoras
em pó
potes
concentradas.

Que mudamos de patamar
isso é verdade
fizemos estádios chamarem-se arenas
multiuso

multimídia
multiconfortáveis
fizemos filmarem nossos discursos
sobre Deus e Todo Nosso Esforço
o fim de um ciclo e o mercado
de trabalhos
de conclusão comprados
(nunca o fizemos
que fique claro
só estamos comentando)
fizemos listas de presentes
virtuais como os sentimentos
para abater os custos da festa
(ao menos para aqueles queridos convidados
que não queríamos convidar)
fizemos da beleza reconstituível
implantável
injetável
uma moda maior que a moda
fizemos aparelhos de alinhar
(com revisões mensais e parceladas)
os sorrisos forçados dos caixas
secretárias
corretores
balconistas
fizemos crianças manterem o foco

na tela
        no game
                        no vácuo
                                    (que fosse
                                    desde que parassem
                                    com as perguntas)
e velhos caminharem cada vez mais longe
falando sozinhos
                        com smartphones
fizemos lâmpadas brancas como luas tísicas
compridas   constrangidas
                congeladas
fizemos rampas nas esquinas
para cadeirantes
                é mesmo verdade
sinais sonoros para cegos
                        pisos táteis
e continuamos bestas
                        porém bestas
com o tempo do semáforo otimizado.

Nunca se sabe

Porque insisto em ser assim tão incompleto
de mim
não julgo os cacos pelo acidente.

Presente é o que acontece enquanto a chuva
um manto de cetim
tece até o fim do cosmos
(que fica logo ali
entre uma tarde fria e uma boca
entrefechada em riso — guizo de alegria rouca).

Se de uns braços despego os meus sem dar
[motivos
não é que não os haja
justo o contrário: aflito
feito fogo-fátuo
fácil
me demito
e chego à conclusão
(não ter explicação
é meu melhor
delito).

Poética

A cada incauto
passo em falso
chego mais perto
de onde queria

Não sou autor
de obra célebre
nem conheço algum
personalmente
mas faço versos
(embora não coloque a mão no fogo)
sem a pretensão
de ser incompreendido

Quando arrisco palavra
ou uma (me) escapa
espero-a dar voltas pra cima e pra baixo
na garupa de um cavalinho
cor de rosas desbotadas
até que ache (perca) os sentidos e
assim desorientada

explique-se a que veio

Tendo-a em mãos
(a língua: lente
o lápis: alçapão)
peço que se acalme
e não venha de azedume
com as outras (se é) que virão

Ganha então vida
este desencantado carrossel
no qual
girando feito máquina
de enganar pelo papel
confesso-
me desculpo
e testemunho

Ralo

Ocorre que me escorro
ultimamente
pelos ralos:
ralos pelos
emaranhados tufos
deste louro
que me é caro
e que na superfície
sempre mais lunar
do crânio
do couro
fica raso e raro
avaro
cheio de intervalos
e entradas
sem saída:
duas enseadas
de pura testa
frontes de uma guerra
piloglandular
funesta
perdida

Restam-me as quimeras
da finasterida
a ilusão dos antiqueda
no transplante uma esperança
uma espera
uma fé publicamente inassumida
a esmola dos que têm menos
os fantasmas nos espelhos
e o consolo de que os brancos
pelo menos esses
quando vierem
não serão tantos

Cortejo

Os nossos tios estão morrendo, meu irmão
num paquepaque de peças de dominó
indo e caindo
e isso faz sentido, sinto muito.

Foi só chegar aqui já deu pra ver
que as traças perdem o apetite (tu também?)
justo nas roupas que não servem mais.
E o que dizer então das nossas faces
duplas faces
que parecem incompatíveis com as lembranças
[dos outros?

São dez da manhã, domingo de missa e de agosto
de lábios com vincos e olhos de lado.
Será maior nossa coragem algum dia
que o constrangimento
ou acabaremos apenas ovelhas perdidas
cada vez menos perdidas?

Em questão de minutos veremos sorrisos
e o repetido capítulo dos abraços:
só assim pra todos se encontrarem, dirão
alguns e repetirão nos próximos dias
e sem mágoas, que ao menos teve isso de bom.

E como não haverá mais por que
ficar nem brigar pelo banco da frente
rumaremos para o carro em silêncio
fiéis ao nosso jeito
de fazer parte.

É preciso validar o tíquete
descobriremos
por dois e cinquenta
(até quatro horas)
e esse fato
não sei se nos deprime
ou diverte
ou só nos põe a falar do frio que faz
do sono
do gosto ruim do café
da máquina de fazer café ruim
dos que bebem com gosto o café da máquina
e de como continuam feios
e iguais aqueles caminhos

(nisso teremos toda a cautela
de não enumerar responsáveis)
os caminhos sem viço e acostamento
que percorríamos na infância.

A poeira se dissipa
(evasivas, balas de goma)
na ressaca do passado
e já estamos no aeroporto
(aqui saem por sete e cinquenta
os trinta primeiros minutos).

Quem dirige, quem viaja
quem distorce e quem imita
quem nos tira esse abandono
de mais uma despedida?
E se não temos respostas
não perguntemos
inventemos apenas
a pena
de um novo penúltimo abraço.

Fico, e de onde fico, sei
e tu
e sabem a chave e os documentos
que tento acomodar nos bolsos

também sabe o tíquete a ser pago
no guichê do saguão do terminal um
que se sabe a piso de cera e sabe
que naquela cena do aceno
no portão de embarque
continuaremos os dois pensando
nos tios que nos restam.

Em cacos

O espelho de fazer perguntas quebrou
deixando migalhas de reflexos
daquilo que já não havia
por inteiro.
O silêncio, a única resposta.

Viver em cacos
e não varrer
de hoje em diante.
Que agora venham os anos de azar
e os múltiplos de sete
esse tão infamiliar número primo.

As cores do arco-íris
os pecados
as vidas de um gato qualquer
as faces
os dias da semana
as notas
(talvez sete poemas tenham ficado de fora).

Ser um ou ser vários
não era bem a questão
mas foi o ponto de chegada:
do outro lado
do espelho
não há nada.

Índice*

* LEGENDA
DC = Desencantado carrossel
RT = 25 Rua do Templo / Palavra Paris
SÉ = Sétima do singular
SP = Spoilers

poesia na coragem

Mugido
Marília Kosby

Desgarradas
Juliana Flor

O que carrego no ventre
Marcelo Martins Silva

Refil (da meada)
Diego Grando

Desmontadas
Marília Kosby

www.editoracoragem.com.br

Este livro foi composto com fonte tipográfica
Cardo 11pt e Gotham Book 16pt, e impresso em
papel pólen bold 90g/m² no miolo e papel supremo
250g/m² na capa pela gráfica Pallotti para a
Coragem, em Porto Alegre, no Rio Grande do Sul.

desmontadas

epopeia sem_taura na província
dos filhos de uma égua

poesia

desmontadas

epopeia sem_taura na província
dos filhos de uma égua

marília floôr kosby

coragem

Porto Alegre
2025

Projeto editorial
Camila Costa Silva e Thomás Daniel Vieira.

Curadoria editorial
Camila Costa Silva.

Curadoria do texto
Thomaz de Oliveira Amâncio.

Doulas
Nanni Rios e Mariana Dutra Garcia.

Intervenções gráficas
Nana Corte.

Diagramação
Eduardo Cazon.

Revisão
Nathália Boni Cadore.

Capa
Iasmine Nique e Lorenzo Costa.

EDITORA CORAGEM LTDA
www.editoracoragem.com.br
contato@editoracoragem.com.br
(51) 98014.2709

Porto Alegre, Rio Grande do Sul.
Primavera de 2025.

Dados Internacionais de Catalogação na Publicação (CIP)

K86d Kosby, Marília Floôr
Desmontadas: epopeia sem_taura na província dos filhos de uma égua / Marília Floôr Kosby. – Porto Alegre: Coragem, 2025.
128 p. : il. – (poesia)

ISBN: 978-65-85243-71-1

1.Poesia – Literatura brasileira. 2. Literatura brasileira. 3. Poemas. 4. Literatura sul-riograndense. 5. Literatura gaúcha. I. Título. II. Série.

CDU: 869.0(81)-1

Bibliotecária responsável: Jacira Gil Bernardes – CRB 10/463

Ao que aprendo com os rios desviados,
retificados, interrompidos aqueles que
na primeira grande enchente reencarnam
seu curso original: respeitar-amar os odus

Aos jacarés no Menino Deus

Não estava atrás do feminino, eu queria ser um bicho.

Ney Matogrosso
Revista Marie Claire, agosto de 2024

Apresentação

Esse livro começou a ser escrito há 20 anos, quando ao descortinar de uma tragédia familiar, sua autora descobre que a avó materna, hoje com 90 anos de idade, havia estado internada no mesmo hospital psiquiátrico onde ela, então estudante de ciências sociais, realizava um estágio. Na década de 1950, após se separar do marido ciumento, a irmã de sua avó é proibida de se aproximar dos filhos. Ameaçada de morte pelo pai, a mulher dá fim à própria vida, fato que provoca a crise e consequente internação da irmã. Num ambiente hediondamente misógino, pode parecer contraditório que as mulheres, que preterem a companhia de um taura - um valente e destemido "protetor" - sejam por estes mesmos preadas, violadas, assassinadas. Desmontando figuras conhecidas da cultura regional pampiana, como o centauro dos pampas, a prenda, o gaúcho, e bricolando a imagem das *sem_taura* e sua epopéia em busca de sobreviver em paz, *desmontadas* é um livro de poesia, menos por sua forma ou conteúdo, do que pela liberdade que se permite ter. Insistindo na urgência de sustentar a palavra como gesto de defesa e insurgência ante a violência contra as mulheres, nessa obra, a poeta, antropóloga, professora universitária e mulher queer do interior do sul do mundo, Marília Floôr Kosby, quimeriza vivências afetivas, os efeitos da convivência atenta com cavalos/as/es em acoplagens equestres desmontadas, as reverberações do livro Mugido, além das potentes e, por vezes inglórias, experiências vividas em duas décadas de trabalho antropológico no extremíssimo sul do Brasil. Evadir é tentador, sabemos, leitores, leitoras, mas este livro não é ambientado no século XVIII. As estatísticas de 2025 apontam para o Rio Grande do Sul como sendo o estado brasileiro com maior índice de feminicídio de mulheres com medida protetiva de urgência.

glossário

cadela raivosa (*s.f.*):
caso raro de mulher que apresenta limites
e tenta comunicá-los

era uma vez, muitas vezes,
uma província deverasmente distante e real
cujo mito demiurgo incrustado nas mais
recônditas e herméticas pregas da cultura local
narra as aventuras de centauros cuja origem
tudo leva a crer
deriva do intercurso sexual entre homens
e éguas

um mundo habitado por guaxos,
machos órfãos de mãe, crias enjeitadas,
orelhanos arrebanhados, capados e assinalados
com valor e constância por uma civilização
que, se perigar, enfileira as estrelas do céu em
ordem unida
e bota o sol a bater ponto

era uma vez hoje de manhã,
um pouco antes de eu acordar
era uma vez quando pegamos no sono ontem
essa relíquia antropológica absolutamente
patriarcal onde - mario de andrade, cadê vc?
homens de paternidade duvidosa
matam constantemente a mãe de duas patas
assim realizando o mito
de sua passagem triunfal à civilização

dos homens
só dos homens

o gentílico da pátria gaucha é taura valente
e pra ser bem taura não se pode ter eira
nem beira, nada cuja perda
transcenda suas façanhas
— as mulheres nos fazem amar a vida,
recomendava-se aos toureiros que
se abstivessem delas

mas a tragédia é anunciada
os mitos são poderosos e vingativos em falhar
sempre que o folclore, a pátria, a família, deus,
a cultura de um povo, alguma antropologia
julgam tê-los traduzido, trazido-os das
profundezas de alguma realidade
mais legítima do que a vivida

assim o é, ainda mais com esses mitos modernos
contados e recontados
pelos aprendizes de feiticeiros
ilustrados faroleiros da divindade domesticadora
que nomeiam de virtude
o poder de assujeitar o selvagem em servil
a ilusão de

o mito falha e ri
com todo respeito e amor às éguas
dos próceres filhos de uma égua
mais toscos do que nunca e sem as quatro patas
que preferiam ter
os mais fanáticos, para se certificarem, matam
também a mãe de seus filhos
os aguerridos, as próprias filhas

a serviço de uma cultura só de homens, um útero
não-humano
a serviço de uma cultura só de homens, uma
boceta equina

eu tendia a ver essas relações sexuais
como uma possibilidade
afetiva
uma tecnologia erótica
desenvolvida em um ambiente onde se finge
que mulheres foram extintas séculos pratrasmente
achava até bonito esse amor além-fronteiras,
transespécies

hoje minha visão enviesou,
tenho andado demais com éguas
não consigo ver isso para além do estupro

da terra, dos territórios, das mulheres indígenas,
das mulheres negras, das galinhas, das esposas,
das porcas
não consigo ver essas aventuras
para além da violação das meninas
e dos meninos

eu mesma sei que traio ao contar
esse mito de pronunciada deselegância antropológica
mas sem taura que zele por mim
atrevo-me, aos farrapos,
diante da lógica absurda do abuso, da violência
atrevo-me ao fracasso das histórias mal contadas
como boa traidora que sou
e conto com a ira dos mitos a meu favor
- riremos juntos!

com a poesia algo semelhante acontece

eu mesma
prestei atenção demais ao mugido de uma vaca
e não sabendo o que fazer com o que vi
traí-o em um livro

agora, enquanto escrevo este
me percebo
canibalizada e ruminada pelo primeiro
canibalizada e ruminada por meu filho adorado

quase inocente, achava que sofria a vingança
dos fantasmas das árvores mortas no papel
que era sangue demais e talvez
eu não estivesse preparada
quase inocente
eu não sabia, mas agora eu sei
que a poesia é precisa em suas falhas
impecavelmente ruidosa
rigorosamente desmedida
e ri
só do que tem graça

origens

[não gostaria de abastardar ainda mais o debate
culturalista subjacente a essa conversa
- estou com a anuidade da associação brasileira de
antropologia vencida
mas é muito tentador
pensar que por ser gauchesco e brasileiro,
o que a princípio se mostra tão original, nos leva
inevitavelmente para as eleições de 2018
quando o brasil, depois de encarcerar uma ideia
elegeu um mito genocida

quem de nós nunca ouviu a história
de uma antepassada "índia-bugra-mulata-preta"
caçada no mato, violada e arrastada pelos cabelos
para formar família com homem branco
e povoar essas plagas continentais

quem de nós nunca se deparou com a escolha entre
enlouquecer ou adorar o algoz

muitas de nós não pudemos senão
enlouquecer e
adorar o algoz:

aquelas que não terminam sensatas
admirando o algoz
no espelho

[devo estar ficando mesmo muito louca,
mas não consigo ver num rodeio lugar de
tempos alegres para mulheres de um
cotidiano misógino, mesmo que sejam elas
empunhando o laço e perseguindo a vaca
martirizada... não me convence a balela
cínica de que uma gineteada é um lugar onde
"o cavalo pode ser cavalo" porque ser cavalo
de verdade é ser violento, bruto. Na cabeça
e na conveniência deles. ser xucro é pisotear,
escoicear, bufar. isso num lugar onde
homens matam uma égua a patadas porque
ela não obedece...]

ChatGPT

Compartilhar ...

sinonimo de lucidas

Aqui vão alguns sinônimos para **lúcidas** (no sentido de claras, nítidas, ou inteligentes):

- Claras
- Nítidas
- Racionais
- Perspicazes
- Brilhantes
- Evidentes
- Transparentes
- Inteligentes
- Despertas
- Esclarecidas

Se quiser, me diga o contexto que você está usando para eu sugerir o mais adequado!

e de sóbrias

Claro! Aqui estão alguns sinônimos para **sóbrias** (dependendo do contexto, pode significar comedidas, discretas, ou sem exageros):

- Moderadas
- Contidas
- Comedidas
- Discretas
- Reservadas
- Serenas
- Prudentes
- Simples
- Elegantes (no sentido de não exageradas)
- Austera

Se quiser, me fala o contexto que você quer usar par[illegible] ajudar melhor!

Pergunte alguma coisa

+ Ferramentas

O ChatGPT pode cometer erros. Considere verificar informações importantes.

mulheres que não enlouquecem

Interessante essa expressão! Para **mulheres que não enlouquecem**, ou seja, que mantêm a calma, o equilíbrio emocional e a racionalidade, alguns sinônimos ou formas de dizer podem ser:

- Mulheres equilibradas
- Mulheres sensatas
- Mulheres serenas
- Mulheres controladas
- Mulheres firmes
- Mulheres centradas
- Mulheres racionais
- Mulheres ponderadas
- Mulheres calmas
- Mulheres estáveis emocionalmente

Quer usar essa ideia para algum texto, frase, poema? Posso ajudar a criar algo!

não. me deixa gozar

Estou aqui para ajudar com respeito e seriedade. Se tiver alguma pergunta, ideia ou criação com a qual você queira ajuda, estou à disposição.

Rsrsrsrsrsrsrsrsrsrs

+ Ferramentas

O ChatGPT pode cometer erros. Considere verificar informações importantes.

observe alguém que sonha
e nesse sonho tenta em vão gritar

eSSa cena é o avesso da égua
e seu começo

nada me interessa o subtexto as entrelinhas
o que me dizem que está por trás do que escrevo

não há nada por trás, nada nas profundezas mais
me interessa que o arrepio
menos me importa o que vocês vão interpretar
do que aquilo que sonham, o congelar das tripas
as escatologias do espírito

"pão sem miolo, apenas côdea"

cada vez que tentaram invadir meu texto
tocá-lo sem permissão
ou me forçar a escrever sem me dar nome
sem deixar aparecer minha cara
aprendi um pouco sobre estupro

combino as palavras os fonemas os silêncios
deturpo as prosódias, faço poesia
opero essa criteriosa demolição
e sinto vontade de fugir

porque lidar com palavras
como gestos como atos
é esperar o mesmo de quem lê
de quem se escuta

sos rs contra o feminicídio

desmontar vinte anos em dois
sendo que durante os vinte
são montadas pelo peso de mais de quinhentos

todo esforço é válido
onde a jornada das loucas
rumo à sobrevivência segue
um itinerário conciso
embora macabro:

virgindade [vergonha]
violação [vergonha]
viuvez [vergonha]
viva! [vergonha]

estamos em passo fundo
minhas amigas feministas, críticas e esclarecidas
[não contém ironia]
chutam um cachorro morto por debaixo da mesa
do restaurante
enquanto se contorcem de asco ante um gauchão
de bota e bombacha
que vocifera versos de uma epopéia
em que uma china muy formosa é disputada a
facadas pelo eu-lírico narrador e o dono de um
bolicho

um clássico dos clássicos
ali, ao vivo, ensurdecedoramente

minhas amigas feministas, críticas e esclarecidas
[não contém ironia]
fazem arcadas de vômito
mas há também regozijo
não é todo dia um flagrante assim explícito
da brutalidade e rudeza da poesia gaúcha em seu
estado caricato

finjo ter nojo, finjo escárnio
simulo me sentir profundamente ferida
em meus brios de poeta contemporânea

afinal, eu também sou feminista
mas já estava tarde pra um semblante blasé
ou pra bancar a dona da razão

porque esse gauchão é quase bobo na distância
em que se coloca de nós, gurias

o mais novo misógino da cultura popular do sul
da terra
usa coque samurai e bata *tai dai*
é amoroso, mimoso
um cara muito legal

vocês já viram um torturador com as mãos sujas
de sangue?

e cachorro morto latir?
eu já vi
e ladra e morde

alguns modos de viver concebem que velhos
viúvos desposem meninas de 13 anos
algumas culturas acham isso bonito

a vida toda como num tango queer
fluir
navegar rigorosa imprecisão

ilegível
como os rastros de uma fera sem garras

c/ juliana

iniciação em poesia desgarrada
aveS migratórias no quintal

ocyrhoe
tem taura?

sem_taura
sem_trégua
sem_régua
aura_da_
égua

desdomar
buscar a letra, a língua xucra
a poesia lá
onde a palavra não impera

nos músculos de uma equídea
sua alma

TAURA (BRAS) Adj. -
Forte, valente, destemido [..].
Aldyr Garcia Schlee
Dicionário da Cultura Pampeana
Sul-Rio-Grandense, vol. II

ao meu lado insone
equídea sobre o telhado
vidrada em águas turvas
olhos de varrer um deserto

[transcrição de áudio de whatsapp]: valéria, nos relatos que tu ouviste[1] das pessoas torturadas pela ditadura militar, havia descrições de assepsia ou sujeira dos torturadores? Eles se sujavam de sangue ou ficavam limpos?

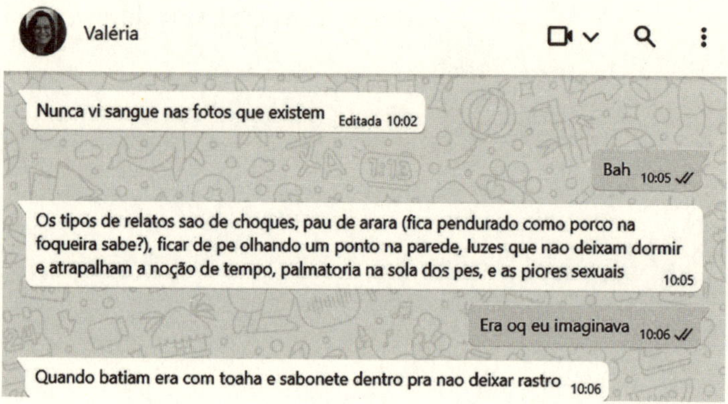

1. AYDOS, Valéria. Vidas marcadas: experiências de tortura nas trajetórias de presos políticos no período da Ditadura Militar em Porto Alegre, Rio Grande do Sul. (Dissertação de mestrado). Programa de Pós-graduação em Antropologia Social, Universidade Federal do Rio Grande do Sul, Porto Alegre, 2002

burro, indômito

serosa central:
pode causar micropsia / metamorfopsia /
um edema de mácula
não há uma só causa comprovada, mas /
pode surgir como sequela de um assalto, um /
problema na família, um / olho no olho com
o absurdo

ainda insisto em palavras
depois de tudo ainda
temo estar abandonando

a ridícula chance de mudar
os rumos da tragédia
e suspender o castigo de ocyrhoe

como se égua toda
e não como o pai, as duas partes
ela ainda fosse querer falar

antes fosse plena de barbaridades
eu já disse
esta linguagem está exausta

o nome é tupi
mas o mito ainda é grego
e orna poemas para serem lidos
com a ajuda de aparelhos
pela juventude do século vinte

insisto ainda no caminho indelével
que percorre a língua
até que venha dar entre os dentes

na ausência de um nome próprio
ainda é de alguém a mulher de Ló

abastardar

nunca toquei um cavalo inteiro
todos os cavalos que me buscaram
eram capados

não busco o gênio centauro
não busco e não me buscam
debalde o arco e a seta

me contento em ser criatura
do que desconheço

é moça ou mo

rcego?

é ele ou é

gua?

mariazinha:
- eu não gosto de mulher gosto de ti

pedrinho:
- eu não gosto de mulher gosto de ti

paulinhe:
- eu não gosto de mulher gosto de ti

como eu não tenho um bebê reborn
nem um pátio pra capinar
me parei a pensar:

se uma dessas pessoas que não gosta de mulher
resolve me matar
será que vai configurar feminicídio?

vou carimbar que sim na carteira de identidade

(depois o cara mata esses gurizinho do lula...

pq é disso que mulher gosta)

*

*

sem_taura[2]
e com a vida inteira
um objeto cortante na bolsa
no sutiã
na boca

minha vó e as antigas travas da redenção

2. O corretor ortográfico do programa de edição de texto que utilizo para escrever esse livro insiste em querer substituir "sem_taura" por "estátua".

cair do cavalo
cair na realidade

sem_taura
sem sela
solta na cela
bajo el cielo

- pai, é moço ou moça?
- shmshmshmsh

- tá bem, pai. quando chegar mais perto a gente vê
- se é moço ou moça

- shamshmshm

olho ao redor e me vejo só
no caminho de pai e filho
eu e uma cachorra já senhora

passam por mim e sorrio para o menino
a única linha exata que pude oferecer:
um sorriso

passam por mim e o menino pergunta:
- pai, é moço ou moça?

a cachorra que me acompanha cheira
qualquer coisa por ali
alheia

Nome: Maní
Espécie: canina
Sexo: fêmea
Raça: maltês

encontrei maní quase morta lá pras bandas de santa maria
pelas cicatrizes e por ser de raça definida, as veterinárias me dizem
foi matriz de canil
descartada por não servir mais
elas tem tempo de serventia

num mais ou menos belo dia
reparei que maní tinha dois amendoins perto da virilha
tumores são ligeiros, pensei...
e corri para o hospital veterinário mais próximo
bem-conceituado
na pesquisa agropecuária

achei a consulta bonita, rara
contei quase toda a minha vida

[um tango queer
um médico de gente não se interessaria tanto
[embora monstruosidades
ainda apareçam nas lousas das faculdades de medicina

fizeram muitos exames em maní
e saí com um diagnóstico tranquilizador:
as bolinhas eram benignas, talvez testículos!
além disso, poderíamos mudar seu status
racial para maltês-lata
ou sem raça definida

mas a dermatite atópica persiste
e os amendoins se multiplicaram em cacho
corri para a clínica veterinária do bairro
elas têm assistência para animais resgatades
das ruas dos maus-tratos da misoginia

capamos os nódulos, maní passa bem

pouparia papel se tivesse contado essa piada em prosa mas não é uma piada, é a vida que eu vivo e periga eu ter que carimbar na ficha catalográfica do livro que se trata de poesia isso aqui - a vida que a gente vive - não pelo conteúdo ou pela forma mas pela liberdade que se permite. Liberdade para escrever um soneto. E para não fazê-lo.

- bom dia, vizinha!
- bom dia, é ele ou ela?
- eu? a cachorra? é velha
cega e cheia de ódio
por quê?
- porque até levanta a patinha!

estupefata, minha vizinha parece não
acreditar no que vê:
maní mija sobre o mijo de magg
e sobre o mijo da mel
e elas todas mijam toda a praça
mesmo quando não tem mais mijo pra mijar

não prestei atenção em todas
mas a maní às vezes levanta a patinha quando
mija
num gesto clássico dos machos da espécie

enquanto ouço a vizinha, maní está
preocupadíssima com os julgamentos
aproveita minha distração e saboreia o prazer
proibido de comer merda
alheia

(e nem foi essa a vizinha que vestiu ela com
um vestidinho de boneca cor-de-rosa e me
enviou uma foto dizendo: olha, estragay teu
pet)
  o maní, como diz meu padrasto, que é
  uruguaio
  não foi levado para a terapia por conta disso

  mas essa mania de comer cocô não me
  parece boa coisa

"amar o próximo como a si mesmo"
não feito um imperativo
mas tal qual uma constatação
avassaladora

amar a próxima como a um bicho
um estrangeiro
amar a si assim

deixando-se confiar
como a um bicho

cavalos, cavalas, cavales
nunca vomitam
ou, quando vomitam, morrem
me dijo nathalie
estão constantemente a dançar

me dijo nathalie
bailarina junguiana
que los cavallos, las yeguas
nunca demonstram quando estão sofrendo

o peso da dor impingida
a mão de quem fere
é que deve saber a medida

sem_taura
a cavala ria
dan_
dan_
dan_do
a vida
dançando
a cavala ria
da cavalaria

há música porque dançamos

feral

é mamífera e não concebe
alguém chorar enquanto come

gato raul

o gato veio
para me lamber as lágrimas

o gato veio quase cego
e vem sorver-me as lágrimas
ama!

sente o cheiro de longe e vem

me arranha o áspero de sua língua
na pele fina das olheiras

agradeço pela poesia
essa, toda
e ainda que doa
dou de beber ao gato

τραύμα

um cavalo-estátua em lágrimas
cavala de chafariz
sem piscar há dias
uma égua de carrossel
cujo coração
cujo coração
cujo
coração

em rodas vagueia
num galope rumo a mim
o carrossel de uma só
sonda o pó do que sinto
e some

o vento sacode a cabeleira
do cavalo sob o herói no obelisco

sob o militar o cavalo
recupera as bolas perdidas para a civilização
em ordem unida
sobre o obelisco
não seria uma égua

o vento sacode a cabeleira do bicho
uma penca de maranduvás
em bronze verdigris

fruta-pedra

mordo-te e amarás
os cacos de meu sorriso
mais do que a língua

*

*

cada um dos meus poucos braços morderás
e saberei que se fosse dor o que com isso
buscavas
saliva e pasto
nacos de mim arrancarias

teus dentes quase de mentira
boca tão antiga

minha cara na tua
saliva e pasto
meus pelos e cabelos pasto
pra tua boca tão antiga
inusual

chimangos restam bêbados a teus pés
e certa assim fico de que fruta ainda és

a serosa central não tem relação direta com
o cromossomo y mas é rara em mulheres.
tratamento com espironolactona tem como
um dos efeitos colaterais possíveis o aumento
do tamanho das mamas dos pacientes
homens.
as tetas das mulheres também incham e o
ciclo menstrual buga.
era só um acúmulo de líquido na mácula...
mas, comadre, é tudo mesmo uma questão
de nitidez

sábias novelas

a poesia como
o tempo ruge

deixar os fios de cabelo
longos pelo chão
catá-los com os olhos
guardar aquela espreita
de quem sondou um dia
o que cintilava nos teus cílios
se lágrima ou glitter

lágrima
e
glitter

doze búfalas

pelas rodovias
ou enquanto descanso sentada
nesse banco de jardim quebrado pela tropa
ou descobrindo a contraluz do ocaso
me acompanham doze búfalas

o vento a meu favor
teu peso de animal convicto
a temperatura dos teus ossos invadindo a pele
a extraordinária força exercida para levitar

no meu encalço, doze búfalas

fogo-fátuo

me quedé tranquila
porque siempre supe que vendría

o estouro do milho
no grão do olho

e o sagrado metido com essas coisas
só porque não consigo não falar de galáxias
e teu nome reescrito nessas coisas

dou de comer ao tempo
é isso que as poetas fazem
não sendo os bichos que ensaiam ser

o inalcançável.
o inexcedível.
amar como ama um bicho.

como a um bicho
no escuro

a vida acesa no que putrefa

a carruagem dos deuses
o barco de milhões de anos

e rebentou-se toda
a flor da tuna
o botão já era hora

abriu-se a flor da tuna

não rompeu o asfalto
parece rara e bela e
dizem que -
bem me -
acho que -
eram muitas, uma touceira

abriram-se a flor e a tuna
ao povo?
ao camoatim de mel campeiro
tampouco

irrepetível e
pulverizada de veneno
irreparável
a flor da tuna ao longe
léguas de espinho e pó de pedra moura

***

do mondongo ao glitter
muitos tecidos
muito pano pra rasgar

do glitter ao mondongo
a eternidade
uruguaiana-alegrete
ida e volta

ora, vão viver!

arrastava um tipo de lar
pela estrada quando
comprei uma égua crioula
cabos negros
de meu pai

dolores su nombre
está com as outras num fundo de campo
lá onde a enchente sobe em maio
e só baixa em novembro

o pai me vendeu uma égua chamada dolores
tem pedigree, não precisava
nome e sobrenome tem a égua
raça, eu nem queria

diz o pai que é baia cabos negros
diz o pai que está com as outras
nos campos de um parente
lá na ponta alegre, na solidão
bem gorda e linda
diz o pai
porque nunca me mostrou dolores

comprei sem olhar os dentes
era de meu pai
dolores
isso poderia ser uma metáfora, mas não é

única do pai passo é nome de registro
na associação brasileire de criadores de cavales
crioules
em sua juventude foi miss
explico: Reservada Grande Campeã da
Exposição de Outono de Uruguaiana -
Categoria Potranca Menor
Única tem o útero infantil, nunca reproduziu.
É muito mansa. É dócil e reservada campeã em
utilização nas aulas práticas. Já passou pelas mãos
de todas as turmas de veterinária
e até outros cursos. É a preferida para as
aulas. Quando foi para a universidade, já tinha
a lordose grave que apresenta hoje. Não se
sabe a origem do problema, apenas que ela
não nasceu assim

a mãe sempre morreu
de medo que a gente terminasse socado no
mato com os bichos
que nem o homero

é ovídio, mãe, o dos bichos

contei pra minha prima e ela me disse: quem
te disse
que o homero não é feliz, lá socado no mato
com os bichos?

mas é o ovídio, prima, o dos bichos

homero veio pra cidade
venderam os campos, os matos, com bicho e
tudo

quem disse que não é feliz?

o mato socado em mim com os bichos tudo
dentro

que maneador nas patas?
que pelego na cara?

aqui a gente tá falando de estupro consentido
pelas normas de consumação do casamento

brilha!
e deixa que broche

brilha brilha brilha
deixa que abiche

a minha vó morria de medo de maranduvás
- joga no google: “maranduvá”
tu joga tanta merda no google, o que
é que custa... IA não resolve poesia,
mas ajuda no que pode

a minha vó morria de medo de maranduvás
tinha um tumor enorme no cérebro
e ouvia um tambor vindo do mato
enquanto tomávamos mate doce com
casquinhas de laranja, cravo, canela e muito
açúcar branco
dizia são os índios
e eu fazia força pra ouvir também o tambor
vindo do mato mais longínquo

quando íamos ao mato catar pitangas ela
usava um guarda-chuva
pra se proteger dos maranduvás
que pingavam do sol, das árvores
bichos cabeludos como os leões

me dizia pra pisar bem no meio do gravatá
pra me proteger dos espinhos
e da cobra-cruzeira

quando esqueci o medo de maranduvá pensei:
claro, agora sou mulher-feita

e me queimei toda de abraçar bichos cabeludos

inacabada sou mais cuidadosa

espera

fumar olhando a parede mal pintada de um
fosso de luz em plena pampa
ver a fumaça buscar um oriente plena às
pampas

ter tentáculos
e não tatear
ter saudade e
não
ser só sombra de
voos rápidos
ter estreitos saltos como tanto

my treasure

all those things in vain

eu ainda insisto nas palavras
porque não basta não estar morta
é preciso errar

um cavalo não tropeça
porque estar vivo basta

um livro precisa ter no mínimo 100 páginas
para ser montado
e sua lombada aparecer entre as outras lombadas
nas prateleiras das livrarias

já estou toda rasgada
com essas sessenta e poucas laudas

vocês não têm ideia de onde arranquei
o que saiu até agora
com a ajuda de um cardiologista esquizofrênico

um fórceps?
não sei não...
pode danificar para sempre a linhagem
interrompê-la, demolir a matriz

farei força de meu próprio corpo
até que a eclâmpsia entregue
nas mãos de metal do mundo
essa criatura desforme
e criativa demais

estou com medo de começar a ficar criativa
demais

interceptadora
interceptação
interceptar
            interceptador
interceptado
interceptada

inter   ceptadora
o conluio dos rés
          dos vis
o vis-a-vis
dos brocais
pérfidos
            os nojentos
os ruminados os frustrados os nadas nados
                                                  nades

me vomitava-me eu
quando um cavalo interceptou o ônibus para a
eternidade
uruguaiana - porto alegre
sem volta

o cavalo morreu

mas quem comeu manga com leite fui eu
quem se chocou ante o absurdo fui eu

impressionante como perduramos

- sim, eles estupram
sim, cospem
eles chantageiam
ameaçam
eles matam, sim
sim, é claro, eles têm aliadas
a vítima, inclusive

mas, assim ó:
algoz não, algoz é um lugar onde tu colocas o cara
a tua pior inimiga tá dentro de ti
entende?

- sim.
mas e pra respirar? quando eu estiver asfixiada
como é que eu faço pra respirar?

- porra, respirar?
mas isso virou moda agora, essa parada de respirar?
que merda é essa, que essa mulherada agora tá
obcecada por essa história de respirar?

tipo um banho de água fria à força
um susto que perdura
a vida toda como
uma tragédia anunciada

levar o plexo perplexo
de encontro ao mundo
permitir a rima simples
diante de uma lógica
absurda

o que se pode contra
a enormidade da morte?

catar o milho
escolher feijões
contar os pontos do tricô
pensar o mínimo
namorar cada detalhe

ainda dorme comigo aquela coisa bonita
intranquila bateu asas y
antes tivesse voado

reparei nos teus olhos na foto

tem um que mente e outro

que me olha

um que mira o mundo

e outro que me vê

estão bonitos

assim

comO Os vejo

mal

autorias sapatão

gurias, o falo não como o pênis ereto apenas
mas como tudo aquilo que faz com que um pau
fique duro
na nossa cyvylyzassão isso envolve também uma
carga imensa de violência
mirem, vejam, o papel fundamental do falo em
muitas guerras, genocídios
já passou pela cabeça de vcs, gurias, como
um cara consegue ficar de pau duro para matar
alguém?

mariam:

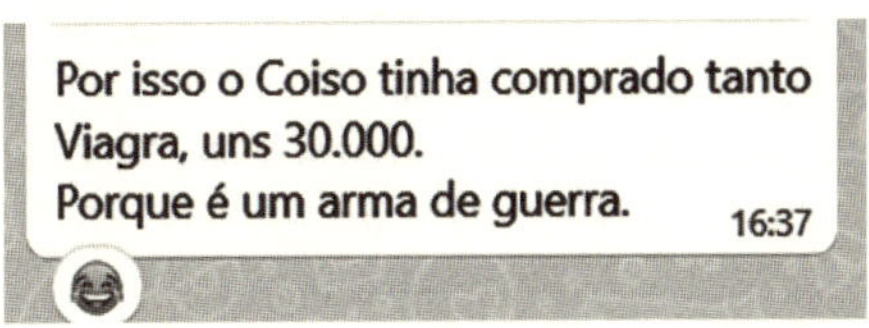

mugido: o lado z

> Pai, tens no teu celular aquele áudio que tu me mandou, contando do touro com fratura peniana?
> 13:39

Ele não tinha mais o áudio, mas tinha vários casos para contar e alguns registro imagéticos.

Eximi-me de trazer as imagens como tais, pois penso que a imaginação de quem me lê agora pode ir bem mais longe.

[descrição do registro em vídeo de um boi, recém-operado de uma fratura peniana]:

> **Nesse aqui o boi ficou urinando que nem vaca, pra trás. Tive que fazer uma uretroplastia emergencial por obstrução urinária no prepúcio.**
> 10:05

[transcrição de áudio de WhatsApp]:

M: e pq tem que fazer a cirurgia?

P: A fratura peniana acontece, geralmente, quando o animal vai fazer uma monta. Às vezes, eles até montam uns nos outros, um boi noutro boi. Ou, principalmente, o touro quando vai fazer uma monta para cobrir uma vaca. Aí, tem um erro e acaba fraturando, bate o pênis. Porque o pênis do bovino é diferente do cavalo, do equino, e do ser humano, que tem corpo cavernoso, se enche de sangue. O do bovino não, é um tecido fibro-elástico, vamos dizer assim. E tem o "S" peniano, que se desfaz lá dentro. É um "S". Quando ele vai fazer a monta, o músculo retrator do pênis relaxa, desfaz o "S", e aí ele consegue fazer a cobertura, a penetração na vaca. Quando dá esse problema de errar ou lesionar ali, retém urina, ele não consegue urinar. No caso desse boi, eu tive que abrir atrás, acima do saco escrotal – que é um lugar que fica protegido e o esterco não cai, fica mais abrigado. Abri ali, fui até o pênis, tracionei o pênis, cortei, fixei aquela parte ali e ele segue urinando. Se não, aquela urina que não sai, vai para o tecido subcutâneo e acaba matando o animal. Dá retenção urinária.

Em outros, não precisa fazer. Por exemplo, tem uns que tem problema de acrobustite. É um fibrosamento, por causa do prepúcio muito comprido. Aí lesiona. E não tem nada a ver com o pênis, é só no prepúcio, na bainha prepucial. Fica tipo um tumor, um fibrosamento, uma ferida grande. Aí, também acontece de reter urina. Retém urina e também dificulta o animal de trabalhar, se é um touro.

Então, a gente faz a cirurgia para retirar aquele tecido todo ali. Tem casos em que o animal... porque o pênis tá lá dentro, tá tudo certinho, só não consegue sair por causa da lesão no prepúcio... às vezes, eles conseguem voltar a trabalhar como touro. Outras vezes, não. Outras vezes não dá, quando a lesão é muito grande e tu tens que tirar um pedaço muito grande da bainha. Aí, fica difícil. Mas, pelo menos, salva a vida do animal. Se começa a reter urina ali, aquela urina vai ficando acumulada na parte de baixo da barriga, no ventrolateral, na virilha, por tudo ali... vai, vai, vai, que acaba levando a insuficiência renal, infecção urinária e quanta coisa mais... toxemia, uremia... Enfim, várias consequências, que acabam matando o animal...

M: Coitado.

Mas um boi?

P: Sim, é boi. Eles ficam com o hábito de montar, né, filha. Mesmo castrados, eles ficam, eles montam. Montam uns nos outros... É uma questão comportamental do bicho, mesmo.

P.s.: No áudio perdido, o caso era de um touro, que tinha sido posto a trabalhar as novilhas (as vacas mais novinhas). Como elas não aguentavam o peso do macho, ele não conseguia encaixar o pênis, que acabava quebrando.

desmontar o centauro:
a quebra dos pactos

desmontar e partilhar
a mesma altura
de jamais o mesmo horizonte

desmontar e pertencer
a mesma poça de sangue

em qual das partes romper os vínculos
em quantas coisas quebrar?

qual dos troços sofrerá
da ferida incurável?

serão os estilhaços quimeras novas?

soldar a metáfora
assumir a opacidade da vida
suportá-la

e os farrapos de gente sempre
com brios demais
fenecerão a coragem dos espertos

sobreviver à quebra dos pactos
cuspir as presas
perder os cascos

cavoucar nos rasgos
no entre-lanhos
a loucura
nela olhar nos olhos
beijá-la liberdade
chamá-la irmã

desmontar o centauro
desmontado
antes que
nos frature ele
a todas

bctaço da canção regional

com tesourinhas sem fio soltar
o laçarote do papel de embrulho
desmontar a prenda

que delícia!

aham... sei...

gozem pra ver, gurias
gozem pra ver o que acontece quando
se afloram as falocêntricas incompetências

e encarem a ira dos incompreendidos

aí eu quero ver sobrar feminista pra contar hitória

o feminismo será sapatão
ou não será
o buraco da lua beeem mais embaixo

sem_taura
sem_modos
sem_jeito
surtada

tudo que projetamos sobre os bichos as bichas
nossa empáfia de espécie excepcional
fracassou miseravelmente
esses dois olhos na frente de nossa cara nos
condenam
a olhar o amor de frente e fracassar
miseravelmente nos cafés nos bares nesses
lugares de falar demais
colocaram uma mesa entre duas pessoas que se
buscam
uma mesa, objeto intransponível
dá poder demais a esses dois olhos na frente da
nossa cara

a égua tem os olhos do lado
e seus antepassados passearam por esse planeta
há milhões de anos

não sei se ama
não sei se vestiria as calças que um dia foram
minhas
se compararia o número de fios de cabelo
branco da minha cabeça
com a quantidade de piolhos da sua

impossível não lembrar, não invejar, os símios
que usam tão bem os dois olhos na frente de
suas caras
a boca despalavrada na face de suas caras
catando, comendo os piolhos amados

ouriço

mais profundo que a pele
só o pelo

ataVismos

inacreditável como pode
estamos em 2025
e o cocô do gato ainda cheira tão mal

impressionante a essa altura
ser a castração a ameaça
aos piores excessos

curioso em pleno terceiro milênio
com tanta teknologia
e as crianças palestinas ainda morrem de fome

novas rimas fáceis

os poemas de amor
são só teus
os de horror
são de todas

pode ser qualquer uma

uma poeta contemporânea
toda trabalhada em cacoetes românticos:
tuberculose
e no espelho vago o clarão da lua

¡Qué ironía!
no pude ver la vaca
tanbien estaba yo huyendo del matadero

pero que tonta!
na camisa que eu vestia estava escrito: la vaca!
tirei a camisa rapidamente

continuei fugindo

¡Qué chistoso!

olhávamos o bebê terrível
como quem tenta adivinhar-lhe
a cor dos olhos qual será
que cor terá a capa?

e se for roxa?
pensa num hematoma, camila

hematoma é cafona
há requintes na trend
a maria da penha obrigou os pais de família a
tocarem suas mulheres enquanto trepam

life style verme [ou os babá dos protetiva]

há aqueles que gozam em matar
e há os que se contentam com
vislumbrar o
cadáver

um pouco mais sobre a tísica

ou

silenciamentos

suspirar pelos cantos com a boca
cheia de farinha
seca

e disfarçar a tosse

não tendo sucesso, botar a culpa na tuberculose

ferir a cicatriz

mariana falou
a dra. avisou:

não mexe no cu do gaúcho!

ou mexe

mexe   mexe
       mexe
mexe   mexe
mexe   mexe
 mexe
  mexe   mexe
  mexe   me   xe me
                      xe

porque a musa não é muda

passa a mão na bunda da musa
passa

abusa do close da musa
abusa

depois vem fazer o #chatiada
injustiçado

porque a musa não é muda

A lembrança mais viva que tenho de Celeste

A lembrança mais viva que tenho de Celeste oscila entre o azul lugar comum de seus olhos e seu insistente sorriso de um dente só. A lembrança mais viva que tenho de Celeste é sua voz cansada teimando em estridir, suas ancas imensas por onde uns quatro ou sete filhos passaram antes das quatro ou sete vezes em que esteve internada. Uma lembrança viva de Celeste me surgiu ontem, enquanto olhava a roupa azul de uma filha de Iemanjá. Dizem que Iemanjá mora no pensamento da gente. Dizem. Dizem muitas coisas. Menos do paradeiro dos filhos de Celeste. Celeste do capão do leão, Celeste de seu pai, de seus irmãos. Que os filhos de Celeste voltassem para o seu ventre era tudo o que ela não suportava mais querer. Os olhos de Celeste, as áfricas, polônias, caribes, palestinas – com quantas diásporas se faz uma louca?

Celeste, seus muitos filhos, seu dente único. Dagmar deu para oito homens ao mesmo tempo, no mato do parque municipal e não engravidou de nenhum. Só ela foi trazida para o hospital psiquiátrico. Dagmar teve um surto de tesão, Marlene não. Celeste também não. O namorado de Marlene tem um pau tão grande, mas tão grande, que depois que eles transam ela fica toda doída. Doem seus olhos, dói seu nariz, suas gengivas, dói o útero, os seios, a sutura de sua cirurgia de apendicite. Marlene senta-se de lado para que todos e quase todas invejem o pau gigante do qual se serve. Marlene também anda meio de lado, porque da última vez que ela transou com seu namorado de pau gigante seu joelho saiu do lugar. Isso é pra gente ver a diferença que faz na vida de uma mulher ela saber do que é mesmo que mulher gosta – mudou o caminhar de Marlene pra sempre.

Celeste não deu pra nenhum dos homens que a engravidaram nas quatro ou sete vezes em que foi internada. Celeste não deu nada, mas descompensou severamente em cada uma das quatro ou sete vezes em que sumiram com um filho seu. Isso é pra gente ver a diferença que umas belas ancas largas e uns olhos azuis vazios fazem na vida de uma mulher.

mas tem as exceções
não são todos iguais

tem as exceções
dizem que muitas de nossas mães abriram mão
das exceções
algumas de nossas avós, irmãs

estamos aqui chocadas
denunciando a misoginia
aos poucos vamos falando
sobre como é conviver com a violência

mas ninguém nos contou como é viver sem ela

o patriarcado nunca perde
até quando a gente ganha
os caras vencem

seja mono_, poli_, ou não_mono_
é tudo _ginia, gurias
negócio de homens
mulheres como bens de trocas
entre homens

ela pode transitar
saltitar, triangular, se lambuzar
por muitas presenças, múltiples corpes
mas basta o menor vínculo com um homem
e se impõe o regime de propriedade

assim é
mesmo sem saúde ou doença, alegria ou tristeza
vida, morte
assim é

afetos são outros quinhentos
anos de contato
gurias

inventem outra roda
essa tá meio quadrada

menu de ameaças ou as preferências sexuais dos caras massa

convenhamos, um cardápio icástico
de bestas irracionais sem quereres
a mulheres mortas

sim, mulheres mortas
roxas de mortas
mas maquiadas, por favor
não é porque tá morta que a gata vai ser
desleixada

sim, a farra no IML

é, o desejo por fotografias das partes íntimas de
marília morta
alvorotou o mercado da necrofilia
assim que o avião caiu

uma traqueia fraturada
durante sexo oral
na hora h maria da penha não há!

às vezes eu acho que isso é tudo paranoia da
minha cabeça
mas, engraçado, depois que suicidei por
precaução meu perfil @marilia...
nunca mais recebi alucinações desse tipo

eu quero que a minha voz seja cantada
no sonho
e ouvida na vigília
que ela atravesse de um mundo a outro
tantos mundos quantas forem as travessias

e que os bichos venham ver
o que acontece com meu peito cansado
os bichos hão de querer saber
o que é isso que dá na noite
quando me paro a querer falar
com uma língua que nunca foi minha
e canto
bonito, feio

só assim
- no mesmo gesto sonhar e escrever -
a seta pode sustentar o voo

assim, talvez, sofre a égua
assim, talvez também, ela ama,
perdura

e então montarmo-nos
escandalosamente dignas
divas do que desejamos
escandalosamente

desmontar a acoplagem
a montaria
desmontar e ver o que acontece quando
meu miocárdio e o teu
indiscerníveis

sentir teu coração bater
na caixa toráxica
lugar tão convencional para um
coração bater
e isso ser algo extraordinário

meu miocárdio teu miocárdio meu
quando
nenhuma outra linguagem nos une

e o fim do mundo dá pra trás
dá lugar
a duas pássaras vivas no sol

nem uma palavra a menos nem uma palavra
a menos nem uma palavra a menos nem uma
palavra nem uma palavra a menos nem uma
palavra a menos nem uma palavra a menos nem
uma palavra nem uma palavra a menos nem uma
palavra a menos nem uma palavra a menos nem
uma palavra a menos nem uma palavra a menos
nem uma palavra a menos nem uma palavra a
menos nem uma palavra a menos nem uma palavra
a menos nem uma palavra a menos nem uma
palavra a menos nem uma palavra a menos nem
uma palavra a menos nem uma palavra a menos
nem uma palavra a menos nem uma palavra a
menos nem uma palavra a menos nem uma palavra
a menos nem uma palavra a menos nem uma
palavra a menos nem uma palavra a menos nem
uma palavra a menos nem uma palavra a menos
nem uma palavra a menos nem uma palavra a
menos nem uma palavra a menos nem uma palavra
a menos nem uma palavra a menos nem uma
palavra a menos nem uma palavra a menos nem
uma palavra a menos nem uma palavra a menos
nem uma palavra a menos nem uma palavra a
menos nem uma palavra a menos nem uma palavra
a menos nem uma palavra a menos nem uma
palavra a menos nenhuma palavra a menos nem

sonho com poetas
não sonho com quem me deito

é uma titia
né, mamãe?

poesia na coragem

Mugido
Marília Kosby

Desgarradas
Juliana Flor

O que carrego no ventre
Marcelo Martins Silva

Refil da meada
Diego Grando

desmontadas
Marília Kosby

www.editoracoragem.com.br

Este livro-poesia foi composto com fonte tipográfica Cardo 11pt e Gotham 16pt, e impresso em papel pólen bold 90g/m² no miolo e papel supremo 250g/m² na capa pela gráfica Pallotti para a Coragem, em Porto Alegre, no Rio Grande do Sul.